El perro canelo

Georges Simenon, nacido en 1903 en Lieja (Bélgica), dio sus primeros pasos como reportero y como autor de novelas populares escritas bajo seudónimo. En 1931 publicó, por primera vez con su propio nombre, *Pietr, el Letón*, que presentaba al imperturbable comisario de policía parisino Jules Maigret, personaje que retomó en novelas y relatos a lo largo de las cuatro décadas siguientes, mientras su obra más amplia le granjeaba la reputación de ser uno de los escritores esenciales del siglo xx. Viajero intrépido, con un profundo interés en la gente, Simenon se esforzó, en la literatura y en la realidad, por comprender —y no por juzgar— la condición humana en todos sus matices. Sus libros figuran entre los más leídos del canon mundial.

GEORGES SIMENON

El perro canelo

Traducción de
Rafael Perera

DEBOLS!LLO

Papel certificado por el Forest Stewardship Council®

Título original: *Le chien jaune*

Primera edición: abril de 2025

Printed in Spain – Impreso en España

ISBN: 978-84-663-8088-1
Depósito legal: B-2.703-2025

Compuesto en M. I. Maquetación, S. L.

Impreso en Novoprint
Sant Andreu de la Barca (Barcelona)

P 380881

El perro canelo

1

El perro sin amo

Viernes 7 de noviembre. Concarneau está desierto. El reloj luminoso de la vieja ciudad, que se divisa sobre las murallas, marca las once menos cinco.

Hay pleamar y un viento del sudoeste hace que las barcas choquen entre sí en el puerto. El viento se cuela por las calles, en las que a veces pasan trozos de papel volando a gran velocidad a ras del suelo.

En el muelle del Aiguillon no hay una sola luz encendida. Todo está cerrado. Todo el mundo duerme. Solamente las tres ventanas del Hotel de l'Amiral, en la esquina de la plaza con el muelle, siguen iluminadas.

No tienen postigos, pero a través de sus cristales verduscos se adivinan unas siluetas. El aduanero de guardia, encogido de frío en su garita, envidia a aquella gente que, a menos de cien metros, permanece aún en el café.

Frente a él, en la dársena, hay un barco de cabotaje que llegó al mediodía para resguardarse. Nadie en el puente. Las poleas chirrían y un foque mal tensado golpea con el viento. Además del estrépito constante de la resaca, se oye también el resorte del reloj que va a dar las once.

La puerta del Hotel de l'Amiral se abre. Un hombre sale y sigue hablando un instante, desde el umbral, con la gente que queda dentro. El ventarrón lo envuelve, agita los faldones de su abrigo, golpea su bombín, que sujeta a tiempo y que mantiene en la cabeza mientras camina.

Incluso desde lejos se ve que va muy alegre: le cuesta mantenerse en pie y va canturreando. El aduanero lo sigue con la mirada y sonríe cuando el hombre se empeña en encender un puro. Y entonces comienza una lucha cómica entre el borracho, su abrigo, que el viento intenta arrancarle, y su sombrero, que rueda a lo largo de la acera. Ya lleva apagadas diez cerillas.

El hombre del bombín divisa un portal con dos escalones; se resguarda allí, se inclina. Un resplandor oscila, muy tenue. El fumador se tambalea y se agarra al picaporte de la puerta.

Al aduanero le parece haber oído un ruido extraño que no proviene de la tormenta. No está seguro. Y ríe viendo al noctámbulo perder el equilibrio, dar unos pasos hacia atrás, tan inclinado que adopta una postura increíble.

Cae de bruces al suelo, al borde de la acera, con la cabeza en el barro del río. El aduanero se golpea las manos contra los costados para calentárselas y mira de mal humor el foque, cuyo golpeteo lo está poniendo nervioso.

Pasa un minuto, dos. Nuevo vistazo al borracho, que no se ha movido. Pero allí hay un perro, llegado de no se sabe dónde, oliéndolo.

—¡Fue entonces cuando me di cuenta de que había pasado algo raro! —diría luego el aduanero en el curso de la investigación.

Las idas y venidas que sucedieron a esta escena son difíciles de establecer en un orden cronológico riguroso. El aduanero fue hacia el hombre tendido en el suelo, algo intranquilo por la presencia del perro, un animal grande, canelo, huraño. Hay un farol de gas a ocho metros. Al principio, el funcionario no nota nada anormal. Después se da cuenta de que el abrigo del borracho tiene un agujero del que sale un líquido espeso.

Entonces corre hacia el Hotel de l'Amiral. El café está casi vacío. Apoyada en la caja, hay una camarera. Cerca de una mesa de mármol, dos hombres terminan sus puros, recostados en sus asientos, con las piernas extendidas.

—¡Dense prisa...! Un crimen... No sé...

El aduanero se vuelve. El perro canelo ha entrado pegado a sus talones y se ha echado a los pies de la camarera.

Se produce una vacilación, un vago terror indefinido en el aire.

—Su amigo, el que acaba de salir...

Unos instantes más tarde los tres están inclinados sobre el cuerpo, que sigue en el mismo lugar. El ayuntamiento, donde se encuentra el puesto de policía, está a dos pasos. El aduanero prefiere actuar. Se precipita resoplando hacia allí y luego llama al timbre de un médico.

Y repite sin poder librarse de aquella visión:

—Se tambaleó hacia atrás como un borracho y dio al menos tres pasos así...

Cinco hombres... seis... siete... Ventanas que se abren un poco por todas partes, cuchicheos...

El médico, arrodillado en el barro, declara:

—Un tiro disparado a quemarropa en pleno vientre... Hay que operar urgentemente... Llamen al hospital...

Todo el mundo ha reconocido al herido, el señor Mostaguen, el principal comerciante de vinos de Concarneau, un buenazo que solo tiene amigos.

Los dos policías de uniforme —uno de ellos no ha encontrado su gorra— no saben por dónde empezar la investigación.

Alguien habla: el señor Le Pommeret, que por su porte y su voz se nota que es uno de los ciudadanos ilustres del pueblo.

—Hemos jugado una partida de cartas juntos en el café de l'Amiral, con Servières y el doctor Michoux... El doctor se marchó el primero, hará una media hora... Mostaguen, que le tiene miedo a su mujer, nos ha dejado al dar las once...

Incidente tragicómico. Todos escuchan al señor Le Pommeret. Se olvidan del herido. Y de pronto este abre los ojos e intenta incorporarse, murmurando con voz sorprendida, tan suave, tan débil, que la camarera rompe a reír nerviosamente:

—¿Qué ha pasado?

Pero un espasmo sacude al herido. Se le agitan los labios. Los músculos de la cara se contraen mientras el médico prepara la jeringa para ponerle una inyección.

El perro canelo circula entre las piernas. Alguien se extraña.

—¿Alguien conoce a este animal...?

—No lo he visto nunca...

—Debe de ser el perro de algún barco...

En esa atmósfera dramática ese perro tiene algo de inquietante. Quizá sea su color, de un amarillo sucio. Es bastante grande, está muy flaco, y su gran cabeza recuerda a la vez al mastín y al dogo de Ulm.

A cinco metros del grupo, los policías interrogan al aduanero, único testigo del suceso.

Miran el portal de los dos escalones. Pertenece a una enorme casa burguesa, cuyos postigos están cerrados. A la derecha de la puerta, un acta notarial anuncia la venta pública del inmueble para el 18 de noviembre: «Precio de venta: 80.000 francos...».

Un guardia municipal hurga un buen rato en la cerradura sin conseguir forzarla, y es el dueño de un garaje vecino quien, con un destornillador, consigue hacerla saltar.

Llega la ambulancia. Se llevan al señor Mostaguen en una camilla. A los curiosos no les queda otra que contemplar la casa vacía.

Está deshabitada desde hace un año. En el pasillo reina un denso olor de pólvora y de tabaco. Una linterna alumbra sobre las baldosas del suelo las cenizas de cigarrillo y señales de barro, que demuestran que alguien ha estado un buen rato esperando tras la puerta.

Un hombre, que solo lleva un abrigo sobre el pijama, le dice a su mujer:

—¡Vamos! Ya no hay nada que ver... Mañana nos enteraremos del resto por el periódico... El señor Servières está aquí...

Servières es un personaje bajito, regordete, con un abrigo oscuro, que se encontraba con el señor Le Pommeret en el Hotel de l'Amiral. Es redactor de *Le Phare de Brest*, en el que todos los domingos publica, entre otras cosas, una crónica humorística.

Toma notas, da a los dos policías indicaciones, si no órdenes.

Las puertas que se abren al pasillo están cerradas con llave. La del fondo, que da acceso a un jardín, está abierta. El jardín se halla rodeado de una tapia que apenas tiene un metro cincuenta de alto. Al otro lado del muro, hay una callejuela que desemboca en el muelle de Aiguillon.

—¡El asesino escapó por aquí! —anuncia Jean Servières.

Fue al día siguiente cuando Maigret hizo, lo mejor que pudo, el resumen de los acontecimientos. Hacía un mes que lo habían destinado a la brigada móvil de Rennes, donde tenía que reorganizar algunos servicios. Había recibido una llamada telefónica apremiante del alcalde de Concarneau.

Y había llegado a esa ciudad en compañía de Leroy, un inspector con el que aún no había trabajado.

La tormenta no había cesado. Algunos ventarrones atraían hacia la ciudad enormes nubes que descargaban una lluvia helada. Ningún barco salía del puerto, y, al parecer, un vapor se hallaba en dificultades en las costas de los Glénan.

Maigret, naturalmente, se instaló en el Hotel de l'Amiral, el mejor de la ciudad. Eran las cinco de la tarde cuando entró en el café, y ya era de noche. Una gran sala, de aspecto desangelado, con el suelo gris, cubierto de serrín, con mesas de mármol, y con ventanas cuyos cristales verdes entristecían aún más la sala.

Había varias mesas ocupadas. Pero a la primera ojeada se reconocía a los clientes habituales, los serios, cuyas conversaciones intentaban oír los otros.

De una de esas mesas se levantó un hombre de cara sonrosada, ojos redondos y labios sonrientes.

—¿Comisario Maigret...? Mi buen amigo el alcalde me anunció su llegada... He oído a menudo hablar de usted... Permítame que me presente... Jean Servières... ¡Hum...! Es usted de París, ¿verdad...? ¡Yo también...! Fui durante un tiempo director de la *Vache Rousse*, en Montmartre... Colaboré en el *Petit Parisien*, en el *Excelsior*, en *La Dépêche*... Me unía una gran amistad con uno de sus jefes, el bueno de Bertrand, que se jubiló el año pasado para ir a plantar coles en el Nièvre... ¡Yo he hecho lo mismo...! Se puede decir que me he retirado de la vida pública... Colaboro, por entretenerme, en *Le Phare de Brest*...

Daba saltitos, gesticulaba.

—Venga, pues, que le presente a nuestro grupo... El último grupo de alegres muchachos de Concarneau... Este es Le Pommeret, mujeriego impenitente, de profesión rentista y vicecónsul de Dinamarca...

El hombre que se levantó y le tendió la mano estaba vestido de caballero campesino, pantalón de montar a cuadros, botas altas, sin una pizca de barro, y corbata de plastrón de piqué blanco. Tenía hermosos bigotes plateados, cabello bien peinado, piel clara y mejillas veteadas de cuperosis.

—Encantado, comisario...

Y Jean Servières prosiguió:

—El doctor Michoux... Hijo del antiguo diputado... Médico, solamente por el título, puesto que nunca ha ejercido... Ya verá cómo acaba por venderle un terreno... Es propietario de los mejores terrenos de Concarneau y quizá de toda la Bretaña...

Una mano fría. Un rostro afilado como una hoja de cuchillo, con la nariz torcida. Cabello rojizo y ralo, aunque el médico no tendría más de treinta y cinco años.

—¿Qué quiere tomar...?

Durante ese tiempo, el inspector Leroy había ido a recabar información en el ayuntamiento y en la gendarmería.

En la atmósfera del café había algo gris, mortecino, sin que se pudiera precisar qué era. Por una puerta abierta se veía el comedor, en el que las camareras, con traje bretón, preparaban las mesas para la cena.

La mirada de Maigret recayó sobre un perro canelo, echado a los pies de la caja. Alzó la mirada y vio una falda negra, un delantal blanco, un rostro sin gracia y, a pesar de todo, tan atrayente que durante la conversación que siguió no cesó de observarlo.

Además, cada vez que él volvía la cabeza sentía la mirada febril de la camarera clavada en él.

—Si el pobre Mostaguen, que era el mejor tipo sobre la tierra, aunque le tuviera un miedo cerval a su mujer, no hubiera estado a punto de perder el pellejo, juraría que se trata de una broma de mal gusto...

Era Jean Servières el que hablaba. Le Pommeret llamó familiarmente:

—¡Emma...!

La camarera se acercó.

—¡Dígame...! ¿Qué le pongo...?

Había ya cervezas vacías sobre la mesa.

—Es la hora del aperitivo —señaló el periodista—. Dicho de otro modo, la hora del pernod... Trae unos pernods, Emma... ¿Le parece bien, comisario...?

El doctor Michoux miraba el gemelo de su puño con aire absorto.

—¿Quién podría haber previsto que Mostaguen se detendría en el umbral para encender un cigarrillo? —prosiguió la voz sonora de Servières—. Nadie, ¿no es cierto...? Ahora bien, Le Pommeret y yo vivimos al otro lado de la ciudad. ¡No pasamos por delante de la casa vacía! A esa hora solo nosotros tres circulábamos por las calles... Mostaguen no es un tipo que tenga enemigos... Es de buena pasta... Un muchacho cuya única ambición es obtener algún día la Legión de Honor...

—¿Ha salido bien la intervención...?

—Saldrá de esta... ¡Lo peor ha sido que su mujer le ha montado una escena en el hospital, pues está convencida de que se trata de una historia de amor...! ¿Puede usted creérselo...? ¡El pobre no se habría atrevido siquiera a acariciar a su mecanógrafa por temor a posibles complicaciones!

—¡Ración doble...! —dijo Le Pommeret a la sirvienta que estaba sirviendo en los vasos una imitación de absenta—. Trae hielo, Emma...

Unos clientes se fueron, pues era la hora de cenar. Una ráfaga de viento se coló por la puerta abierta, haciendo que se agitaran los manteles del comedor.

—Ya leerá usted el artículo que he escrito sobre lo ocurrido y en el que creo haber estudiado todas las hipótesis. Una sola es plausible: que nos hallamos en presencia de un loco... Por ejemplo, a nosotros, que conocemos a toda la ciudad, no se nos ocurre quién puede haber perdido la razón... Venimos aquí todas las tardes... Algunas veces viene también el alcalde a jugar la partida con nosotros... O Mostaguen... O, para jugar al bridge, vamos a buscar al relojero, que vive algunas casas más allá...

—¿Y el perro...?

El periodista esbozó un gesto de desconocimiento.

—Nadie sabe de dónde ha salido... Se creyó, al principio, que pertenecería a ese barco de cabotaje que llegó ayer... El Sainte-Marie... Pero parece ser que no... Hay también un perro a bordo; pero es un terranova, y yo desafío a quien quiera a decirme de qué raza es este feo animal...

Mientras hablaba, cogió una jarra de agua y echó un poco en el vaso de Maigret.

—¿Hace tiempo que trabaja aquí la camarera? —preguntó el comisario a media voz.

—Varios años...

—¿Y no salió ayer por la tarde?

—No se ha movido de aquí... Esperaba a que nos fuéramos para acostarse... Le Pommeret y yo recordábamos viejas historias, recuerdos de otros tiempos, cuando aún éramos lo bastante guapos para conseguir mujeres sin tener que pagar por ello... ¿Verdad, Le Pommeret...? ¡No dice nada...! Cuando le conozca mejor verá que, cuando se trata de mujeres, es capaz de pasarse la noche... ¿Sabe usted cómo llamamos a la casa en la que vive frente al mercado de pescado...? La casa de las ignominias... ¡Hum...!

—A su salud, comisario —dijo algo molesto aquel de quien hablaban.

En ese momento Maigret vio que el doctor Michoux, que casi no había abierto la boca, se inclinaba para mirar su vaso al trasluz. Tenía la frente fruncida. Su rostro, siempre pálido, dejaba traslucir una inquietud sorprendente.

—¡Un momento...! —exclamó de pronto, después de haber dudado un rato.

Se acercó el vaso a las narices y mojó un dedo, que se llevó a la punta de la lengua. Servières lanzó una carcajada.

—¡Vaya...! Hay quien se deja atemorizar por la historia de Mostaguen...

—¿Qué ocurre...? —preguntó Maigret.

—Creo que sería mejor dejar de beber... ¡Emma...! Ve a decirle al farmacéutico de al lado que venga... ¡Aunque esté cenando...!

Aquello heló el ambiente. La sala pareció aún más vacía, más sombría. Le Pommeret se tiraba de los bigotes con nerviosismo. Hasta el periodista se agitaba en la silla.

—¿Qué crees tú...?

El médico estaba taciturno. No dejaba de mirar su vaso. Se levantó y cogió él mismo del estante la botella de pernod, la agitó ante la luz, y Maigret distinguió dos o tres granitos blancos que flotaban en el líquido.

La muchacha volvió, seguida del farmacéutico, que tenía aún la boca llena.

—Escucha, Kerdivon... Hay que analizar inmediatamente el contenido de esta botella y de los vasos...

—¿Hoy...?

—¡Ahora mismo...!

—¿Qué reacción debo probar...? ¿Qué piensa usted...?

Maigret nunca había visto extenderse tan rápidamente

la pálida sombra del miedo. Unos minutos habían sido suficientes. La calidez que impregnaba todas las miradas había desaparecido, y las mejillas veteadas de cuperoris de Le Pommeret parecían artificiales.

La camarera se había acodado en la caja y mojaba la mina del lápiz para alinear las cifras en un carnet con tapas de hule negro.

—¡Estás loco...! —dijo, sin convicción, Servières.

Aquello sonó a falso. El farmacéutico tenía en una mano la botella y un vaso en la otra.

—Estricnina... —dijo lentamente el médico.

Y empujó al farmacéutico fuera de la sala. Luego volvió con la cabeza baja y la tez amarillenta.

—¿Qué le hizo pensar...? —empezó Maigret.

—No sé... Una casualidad... He visto un granito de polvo blanco en mi vaso... El olor me ha extrañado...

—¡Autosugestión colectiva...! —afirmó el periodista—. Si mañana cuento esto en mi periodicucho, arruino todas las tascas de Finisterre...

—¿Beben siempre pernod...?

—Todas las tardes, antes de la cena... Emma está tan acostumbrada que nos lo trae cuando ve que ya nos hemos tomado la caña... Tenemos nuestras pequeñas costumbres... Por la tarde, calvados...

Maigret se plantó ante el armario de los licores y divisó una botella de calvados.

—¡Esa no...! El frasco grande...

Lo cogió, lo agitó ante la luz y vio algunos granos de polvo blanco. Pero no dijo nada. No era necesario. Los otros habían comprendido.

El inspector Leroy entró, anunciando con voz indiferente:

—La gendarmería no ha observado nada sospechoso. No hay vagabundos en la región... La verdad es que no se entiende que...

Le extrañó el silencio reinante, la angustia compacta que se aferraba a la garganta. El humo del tabaco se extendía alrededor de las lámparas eléctricas. El billar mostraba su tela verde como un césped pelado. Había colillas de puros en el suelo, así como algunos salivazos en el serrín.

—Siete y me llevo uno... —deletreaba Emma, al tiempo que mojaba la punta del lápiz. Y, alzando la cabeza, gritó sin dirigirse a nadie en particular—: ¡Ya voy, señora...!

Maigret llenaba su pipa. El doctor Michoux miraba obstinadamente al suelo, y su nariz parecía aún más torcida que antes. Los zapatos de Le Pommeret estaban relucientes, como si nunca hubiera caminado con ellos. Jean Servières se encogía de cuando en cuando de hombros, discutiendo consigo mismo.

Todas las miradas se volvieron hacia el farmacéutico cuando este regresó con la botella y el vaso vacío.

Venía corriendo. Le faltaba el aliento. En la puerta propinó una patada en el aire para quitarse de en medio algo, y gruñó:

—¡Qué asco de perro...! —Y nada más entrar añadió—: Es una broma, ¿verdad...? ¿Nadie ha bebido...?

—¿Y bien...?

—Sí, ¡estricnina...! Deben de haberla puesto en la botella hace apenas media hora...

Miró con horror los vasos todavía llenos y a los cinco hombres silenciosos.

—¿Qué significa esto...? Es inaudito... Tengo derecho a saber... Anoche matan a un hombre al lado de mi casa... Y hoy...

Maigret le cogió la botella de las manos. Emma regresó con expresión indiferente, mostrando por encima de la caja su rostro alargado y ojeroso, de labios finos; su cabello despeinado, sobre el que la cofia bretona se deslizaba siempre hacia la izquierda, aunque ella la colocaba en su sitio a cada momento.

Le Pommeret iba y venía, dando zancadas y contemplando los reflejos de sus zapatos. Jean Servières, inmóvil, miraba los vasos, y, de pronto, exclamó, con una voz ensordecedora, llena de espanto:

—¡Maldita sea...!

El médico se encogió de hombros.

2

El médico, en zapatillas

El inspector Leroy, que tenía veinticinco años, se parecía más a lo que suele llamarse un joven bien educado que a un inspector de policía.

Acababa de salir de la academia. Era su primer caso y desde hacía unos instantes observaba con aire desolado a Maigret, tratando de llamar discretamente su atención. Acabó por apuntarle, sonrojándose:

—Disculpe, comisario... Pero... las huellas...

Debió de pensar que su jefe era de la vieja escuela e ignoraba el valor de las investigaciones científicas; pero Maigret, echando una bocanada de humo de su pipa, dijo:

—Lo que usted crea...

No se volvió a ver al inspector Leroy, que se llevó con cuidado la botella y los vasos a su habitación. Se pasó la tarde confeccionando un embalaje modelo, cuyo esquema tenía en el bolsillo, elaborado especialmente para trasladar los objetos sin borrar las huellas.

Maigret se había sentado en un rincón del café. El propietario, con delantal blanco y gorro de cocinero, miraba su negocio como si este hubiera sido devastado por un ciclón.

El farmacéutico había hablado. Fuera, se oía a la gente murmurar. El primero en levantarse fue Jean Servières, quien se puso el sombrero.

—¡Bueno, hay más cosas a las que atender! ¡Yo estoy casado y la señora Servières me espera...! Hasta pronto, comisario...

Le Pommeret interrumpió su marcha.

—¡Espera! Yo también voy a cenar... ¿Te quedas, Michoux...?

El médico respondió con un encogimiento de hombros. El farmacéutico estaba dispuesto a desempeñar un papel principal. Maigret oyó que decía al propietario:

—¡... Y, desde luego, es necesario analizar el contenido de todas las botellas...! Puesto que aquí tenemos a alguien de la policía, basta con que me den la orden...

Había en la estantería más de sesenta botellas de distintos aperitivos y licores.

—¿Qué opina al respecto, comisario...?

—Es una buena idea... Sí, quizá sea prudente...

El farmacéutico era bajo, delgado, nervioso. Se movía tres veces más de lo necesario. Hubo que buscarle una cesta para las botellas. Después telefoneó a un café de la parte vieja de la ciudad, para que le dijesen a su empleado que lo necesitaba.

Sin ponerse el sombrero, hizo cinco o seis viajes del Hotel de l'Amiral a su laboratorio, muy atareado, aunque encontró tiempo para decir algunas palabras a los curiosos agrupados en la acera.

—¿Qué va a ser de mí si se llevan toda la bebida? —gemía el propietario—. ¡Y aquí nadie piensa en comer...! ¿No cena usted, comisario...? ¿Y usted, doctor...? ¿Regresa ya a casa...?

—No... Mi madre está en París... Y le he dado a la criada unos días de permiso...

—Entonces ¿dormirá aquí...?

Llovía. Las calles estaban llenas de un barro negro. El aire agitaba las persianas del primer piso. Maigret había cenado en el comedor, no lejos de la mesa en la que, con expresión fúnebre, se había instalado el médico.

A través de los pequeños cristales verdes se adivinaban fuera las cabezas de los curiosos, que algunas veces se pegaban a las ventanas. La camarera estuvo ausente una media hora, el tiempo de cenar ella también. Después volvió a ocupar su sitio habitual, a la derecha de la caja, con un codo sobre esta y un paño en la mano.

—Tráigame una cerveza —dijo Maigret.

Vio que el médico lo observaba mientras bebía y después también, como si estuviese atento a los primeros síntomas de envenenamiento.

Jean Servières no volvió, como dijo que haría. Le Pommeret tampoco. Así que el café estaba desierto, pues la gente prefería no entrar, y, sobre todo, no beber. Fuera, afirmaban que todas las botellas estaban envenenadas.

—¡Para matar a toda la ciudad...!

El alcalde telefoneó desde su chalet de Sables Blancs para saber qué pasaba exactamente. Luego se hizo un silencio frío. El doctor Michoux, en un rincón, hojeaba los periódicos, sin leerlos. La camarera no se movía. Maigret seguía fumando tranquilo, y el propietario venía de cuando en cuando para asegurarse, con un vistazo, de que no había ocurrido una nueva tragedia.

Se oía el reloj de la vieja ciudad dar las horas y las medias. Las lamentaciones y los conciliábulos cesaron en la acera y solo quedó la queja monótona del viento y la lluvia, que golpeaba en los cristales.

—¿Dormirá usted aquí? —preguntó Maigret al médico.

El silencio era tal que el solo hecho de hablar en voz alta enturbió el ambiente.

—Sí... A veces tengo que hacerlo... Vivo con mi madre, a tres kilómetros de la ciudad... Una casa de campo enorme... Mi madre ha ido a pasar algunos días a París, y la criada me ha pedido también unos días de permiso para asistir a la boda de su hermano... —Se levantó, dudó y añadió muy deprisa—: Buenas noches...

Y desapareció por la escalera. Le oyeron quitarse los zapatos, en el primer piso, justo encima de la cabeza de Maigret. Para entonces ya solo quedaban en el café la camarera y el comisario.

—¡Ven aquí! —le dijo, echando hacia atrás la silla. —Y al ver que ella se quedaba en pie, con una actitud muy comedida, agregó—: ¡Siéntate...! ¿Cuántos años tienes...?

—Veinticuatro...

Había en ella una humildad exagerada. Sus ojos cansados, la manera de deslizarse sin hacer ruido, sin tropezar con nada, de estremecerse con inquietud a la menor palabra encajan bien con la idea que se tiene de la criada acostumbrada a toda clase de rudezas. A pesar de todo, bajo esa apariencia se traslucían atisbos de orgullo que se esforzaba en disimular.

Estaba anémica. Su pecho, plano, no estaba hecho para despertar la sensualidad. Sin embargo, resultaba atrayente por su aspecto inquieto, abatido, enfermizo.

—¿Qué hacías antes de trabajar aquí...?

—Soy huérfana. Mi padre y mi hermano murieron en el mar, en el velero Tres Magos... Mi madre ya había muerto hacía tiempo... Primero fui vendedora en la papelería de la plaza de Correos...

Su mirada inquieta buscaba algo.

—¿Tienes un amante...?

Ella desvió la mirada sin decir nada, y Maigret, con los ojos fijos en su rostro, dio una profunda calada a su cigarrillo y luego bebió un trago de cerveza.

—¡Habrá bastantes clientes que intenten seducirte...! Los que estaban hace un rato aquí son los habituales... Vienen todas las tardes... Les gustan las chicas guapas... ¡Vamos! ¿Cuál de ellos...?

Muy pálida, dijo con una mueca de cansancio:

—Sobre todo el médico...

—¿Eres su amante?

Lo miró; se veía que deseaba confiar en él.

—Tiene otras... Y yo algunas veces, cuando le apetece... Duerme aquí... Me dice que vaya a su habitación...

Maigret había oído pocas veces una confesión tan directa.

—¿Te da algo...?.

—Sí... Aunque no siempre... Dos o tres veces, en mi día libre, me ha hecho ir a su casa... La última vez, anteayer... Aprovecha que su madre está de viaje... Pero tiene otras mujeres...

—¿Y el señor Le Pommeret...?

—Lo mismo... Salvo que solo he ido a su casa una vez, hace mucho tiempo... Había allí una obrera de la fábrica de conservas y... ¡y yo no quise...! Todas las semanas tienen alguna nueva...

—¿El señor Servières también...?

—No es igual... Está casado... Parece ser que se va de juerga a Brest... Aquí se contenta con bromear y con pellizcarme cuando paso junto a él...

Seguía lloviendo. Muy lejos sonaba la sirena de un barco, que debía de estar buscando la entrada del puerto.

—¿Y todo el año igual...?

—Todo el año no... En invierno están solos... Algunas veces comparten una botella con algún viajante de comercio... Pero en verano hay mucha gente... El hotel está lleno... Por las noches siempre hay diez o quince que beben champán o que se van de juerga a algunos chalets... Hay coches, mujeres guapas... Nosotros tenemos mucho trabajo... En verano no soy yo quien sirve; hay camareros... Entonces estoy abajo, fregando...

¿Qué seguiría buscando alrededor? Se veía que se sentía violenta sentada en el borde de la silla, y parecía dispuesta a levantarse de un salto.

Sonó un timbrazo agudo. Ella miró a Maigret, luego al tablero eléctrico colocado tras la caja.

—Con su permiso...

Subió. El comisario oyó sus pasos y luego un murmullo confuso de voces en el primer piso, en la habitación del médico.

Entró el farmacéutico, un poco borracho.

—¡Ya está hecho, comisario! ¡Cuarenta y ocho botellas analizadas! Y a conciencia, ¡se lo juro! No hay restos de veneno salvo en el pernod y el calvados... El propietario solo tendrá que pedir que retiren el material afectado... Dígame, en confianza, ¿cuál es su opinión...? Anarquistas, ¿verdad...?

Emma volvió; salió a la calle para cerrar los postigos y esperó para cerrar la puerta.

—¿Y bien...? —dijo Maigret cuando estuvieron nuevamente solos.

Ella volvió la cabeza sin contestar, con un pudor inesperado; y el comisario tuvo la impresión de que si insistía un poco ella acabaría llorando.

—Buenas noches, pequeña... —le dijo.

Cuando el comisario bajó, creyó que era el primero que se había levantado al ver lo oscuro que estaba el cielo cubierto por las nubes. Desde su ventana había visto el puerto desierto, en el que una grúa solitaria descargaba un barco de arena. En la calle, pasaban algunos paraguas e impermeables, rozando las paredes de las casas.

En mitad de la escalera se cruzó con un viajante de comercio que acababa de llegar y con un mozo que llevaba una maleta.

Emma estaba barriendo la sala de abajo. Sobre una mesa de mármol había una taza con restos de café.

—¿Qué hay de mi inspector? —preguntó Maigret.

—Hace un rato me preguntó el camino de la estación para llevar un paquete.

—¿Y el médico...?

—Le he subido el desayuno... Está enfermo... No quiere salir...

Y la escoba siguió levantando polvo mezclado con serrín.

—¿Qué va a tomar?

—Café solo...

Ella tuvo que pasar muy cerca de él para ir a la cocina. En ese momento, Maigret la cogió de los hombros con sus manazas y la miró a los ojos, de manera brusca y cordial a la vez.

—Dime, Emma...

Esta hizo un ligero movimiento como si quisiera escapar; pero se quedó inmóvil, temblando, encogiendo el cuerpo todo lo que pudo.

—Aquí, entre nosotros, ¿qué sabes tú de todo esto...? ¡Cállate...! ¡No me mientas...! Eres una pobre chica a la que no quiero causar problemas... ¡Mírame...! La botella... ¿Eh...? Ahora, habla...

—Le juro...

—No hace falta jurar...

—¡Yo no he sido...!

—¡Diablos, eso ya lo sé! Tú no has sido... Pero ¿quién lo hizo...?

A la camarera se le hincharon de pronto los párpados. Brotaron las lágrimas. El labio inferior se movía de forma espasmódica. Verla en aquel estado resultaba tan conmovedor que Maigret dejó de presionarla.

—¿El médico... anoche...?

—¡No...! No me llamó para lo que usted cree...

—¿Qué quería entonces...?

—Me preguntó lo mismo que usted... Me amenazó... Quería que le dijese quién había tocado la botella... A punto estuvo de pegarme... ¡Y no lo sé...! Por la memoria de mi madre, le juro que...

—Tráeme mi café...

Eran las ocho de la mañana. Maigret salió a comprar tabaco, y dio una vuelta por la ciudad. Cuando volvió, hacia las diez, el médico estaba en el café, en zapatillas, con un pañuelo de seda al cuello. Tenía el rostro descompuesto y el cabello rojizo despeinado.

—No tiene aspecto de estar bien...

—Estoy enfermo... Debía esperármelo... Son los riñones... Siempre que me ocurre algo, una contrariedad, una emoción, se trasluce en esto... No he pegado ojo en toda la noche...

No dejaba de mirar a la puerta.

—¿No vuelve a su casa?

—Allí no hay nadie... Estoy mejor cuidado aquí...

Había mandado que le trajeran todos los periódicos de la mañana, que estaban en la mesa.

—¿Ha visto a mis amigos...? ¿A Servières...? ¿A Le Pommeret...? Es raro que no hayan venido a enterarse de las últimas noticias...

—¡Bah! Seguramente están durmiendo todavía —suspiró Maigret—. Acabo de darme cuenta de que no he visto a ese horrible perro canelo... ¡Emma...! ¿Ha vuelto a ver al perro...? ¿No...? Pero aquí tenemos a Leroy, que quizá lo haya visto en la calle... ¿Qué hay de nuevo, Leroy...?

—Los frascos y los vasos han sido enviados al laboratorio... He estado en la gendarmería y en el ayuntamiento...

Me ha parecido que hablaba del perro, ¿no...? Parece ser que un campesino lo ha visto hoy en el jardín del señor Michoux...

—¿En mi jardín...?

El médico se había levantado. Le temblaban las pálidas manos.

—¿Qué hacía en mi jardín...?

—Por lo que me han dicho, estaba echado en el umbral de la casa y, cuando el campesino se ha acercado, ha gruñido de tal manera que el hombre ha preferido largarse a toda prisa...

Maigret observaba las caras con el rabillo del ojo.

—Oiga, doctor, ¿y si fuéramos juntos hasta su casa...?

Una sonrisa forzada.

—¿Con esta lluvia...?... ¿Con mi ataque...? Eso me costaría por lo menos ocho días de cama... ¿Qué puede importar ese perro...? Seguramente no es más que un vulgar perro vagabundo...

Maigret se puso el sombrero y el abrigo.

—¿Adónde va...?

—No lo sé... A respirar un poco de aire... ¿Me acompaña, Leroy...?

Una vez fuera, pudieron ver la cabeza del médico, deformada a través de los cristales: parecía más alargada y le conferían un tono verdoso.

—¿Adónde vamos? —preguntó el inspector.

Maigret se encogió de hombros y vagó durante un cuarto de hora alrededor de las dársenas, como un hombre interesado por los barcos. Al llegar cerca de la escollera torció a la derecha, tomando un camino que, según un cartel, conducía a Sables Blancs.

Leroy carraspeó y luego dijo:

—Si se hubieran analizado las cenizas de cigarrillo encontradas en el pasillo de la casa vacía...

—¿Qué opina de Emma? —lo interrumpió Maigret.

—Yo... Opino... Me parece que la dificultad, en una localidad como esta, donde todo el mundo se conoce, es la de hacerse con una cantidad tan grande de estricnina...

—No es eso lo que le pregunto... Por ejemplo, ¿le gustaría ser su amante?

El pobre inspector no supo qué contestar. Maigret le obligó a detenerse y a abrir su gabán para poder encenderse la pipa al abrigo del viento.

La playa de Sables Blancs, rodeada de algunos chalets y, además, de una suntuosa vivienda que merece el nombre de castillo y que pertenece al alcalde, se extiende entre dos puntas rocosas, a tres kilómetros de Concarneau.

Maigret y su compañero chapotearon por la arena cubierta de algas, sin apenas mirar las casas vacías, cuyas ventanas estaban cerradas.

Al otro lado de la playa se alza el terreno. Rocas cortadas a pico, coronadas de abetos, se adentran en el mar.

Un gran cartel: PARCELAS DE SABLES BLANCS. Un plano indicaba, con tintas de distintos colores, las parcelas ya vendidas y las aún disponibles. Un quiosco de madera: OFICINA DE VENTA DE TERRENOS.

Y, por último, la indicación: «En caso de ausencia, dirigirse al señor Ernest Michoux, administrador».

En el verano, todo aquello recién pintado debía de ser

alegre, pero con la lluvia y el barro, con el estruendo de la resaca, resultaba más bien siniestro.

En el centro, un gran chalet nuevo, de piedras grises, con terraza, estanque y parterres sin florecer aún.

Algo más lejos, los cimientos de otros chalets: algunas paredes surgían del suelo, dibujando ya las habitaciones...

Al quiosco le faltaban los cristales. Montones de arena esperaban ser extendidos por la nueva carretera, obstruida a medias por una apisonadora. En la parte alta del acantilado, un hotel, o más bien un futuro hotel, a medio hacer, con los muros de un blanco crudo y las ventanas cerradas con planchas y cartón.

Maigret se acercó paso tranquilo y empujó el postigo que daba a la casa del doctor Michoux. Cuando ya estaba en el umbral y se disponía a girar el picaporte, el inspector Leroy le murmuró:

—¡No tenemos una orden judicial...! ¿No cree que...?

Una vez más su jefe se encogió de hombros. En los senderos se veían las huellas profundas que habían dejado por las patas del perro canelo. Había otras huellas: de unos enormes pies, calzados con zapatos de clavos. ¡Por lo menos del cuarenta y seis! El picaporte giró. La puerta se abrió como por ensalmo y pudieron ver en la alfombra las mismas señales de barro: las del perro y las de los famosos zapatos.

La vivienda, de una arquitectura enrevesada, estaba amueblada de forma presuntuosa. Por todas partes había rincones con divanes, bibliotecas bajas, muebles camas bretones convertidos en vitrinas, mesitas turcas o chinas. ¡Muchas alfombras y tapicerías!

Se notaba el deseo manifiesto de conformar, con cosas viejas, un conjunto rústico moderno.

Algunos paisajes bretones. Desnudos firmados, con dedicatorias: «Al mi buen amigo Michoux...». También: «Al amigo de los artistas...».

El comisario miraba todo aquel batiburrillo con aire enfurruñado, mientras que el inspector Leroy no dejaba de impresionarse por aquella falsa distinción.

Maigret abría las puertas y echaba una ojeada en las habitaciones. Algunas no estaban amuebladas. El yeso de las paredes aún no se había secado.

Por último, empujó una puerta con el pie y dejó escapar un murmullo de satisfacción al vislumbrar la cocina. Sobre la mesa de madera blanca había dos botellas de burdeos, vacías.

Una diez latas de conserva habían sido abiertas torpemente con un cuchillo cualquiera. La mesa estaba sucia, grasienta. Habían comido, directamente de las latas, arenques al vino blanco, un guisado de judías blancas frío, setas y albaricoques.

El suelo estaba manchado. Y se veían en él restos de comida. Había una botella de coñac rota, y el olor a alcohol se mezclaba al de los alimentos.

Maigret miraba a su compañero con una sonrisa burlona.

—¿Cree, Leroy, que ha sido el médico quien ha tomado esta comida propia de un cerdo...? —Y como el otro, estupefacto, no contestaba, Maigret continuó—: ¡Su mamá tampoco, eso espero...! ¡Ni siquiera la criada...! ¡Mire...! A usted que le gustan las huellas... Vea estas señales de barro que dibujan una suela... Del número cuarenta y cinco o cuarenta y seis... ¡Y estos rastros del perro...!

Maigret llenó una nueva pipa y cogió cerillas de una estantería.

—Tome nota de todo lo que hay aquí digno de anotar... No le faltará trabajo, seguro... ¡Hasta luego...!

Se alejó con las manos en los bolsillos y con el cuello del abrigo levantado a lo largo de la playa de Sables Blancs.

Cuando entró en el Hotel de l'Amiral, la primera persona a la que vio, en su rincón, fue al doctor Michoux, todavía en zapatillas, sin afeitar y con el pañuelo al cuello.

Le Pommeret, tan correcto como la víspera, estaba sentado a su lado, y los dos hombres esperaron que se acercara el comisario sin decir palabra.

Por fin, fue el médico quien balbució con voz ronca:

—¿Sabe usted lo que acaban de decirme...? Servières ha desaparecido... Su mujer está medio enloquecida... Se fue de aquí ayer por la tarde... Y desde entonces nadie ha vuelto a verlo...

Maigret se sobresaltó, y no a causa de lo que acababan de decirle, sino porque de pronto vio al perro canelo echado a los pies de Emma.

3

«El miedo reina en Concarneau»

Le Pommeret sintió la necesidad de confirmarlo, por el gusto de oírse a sí mismo:

—Ha venido a mi casa, hace un rato, suplicándome que investigara al respecto... Servières, cuyo verdadero nombre es Goyard, es un antiguo camarada...

La mirada de Maigret pasó del perro canelo a la puerta que se abría, al vendedor de periódicos, que entraba como una ráfaga, y, por último, a los grandes caracteres de un titular que podía leerse desde lejos: «El miedo reina en Concarneau».

A continuación aparecía en los subtítulos: «Una tragedia cada día». «Desaparición de nuestro colaborador Jean Servières». «Manchas de sangre en su coche». «¿A quién le tocará ahora?».

Maigret sujetó por la manga al muchacho de los periódicos.

—¿Has vendido muchos?

—Diez veces más que los otros días. Y somos tres corriendo desde la estación...

En cuanto lo dejó libre, el chico echó a correr de nuevo a lo largo del muelle, gritando:

—*Le Phare de Brest*... Número especial...

El comisario no había tenido tiempo de empezar el artículo cuando Emma le anunció:

—Le llaman por teléfono...

Una voz furiosa, la del alcalde:

—¡Hola! Comisario, ¿ha sido usted el que ha inspirado ese estúpido artículo...? ¿Por qué no me ha puesto al corriente...? Creo que debería ser el primer informado de lo que pasa en la ciudad de la que soy alcalde, ¿no le parece...? ¿Qué es esa historia del coche...? ¿Y ese hombre de los pies grandes...? En una media hora he recibido más de veinte llamadas de gente asustada que me pregunta si esas noticias son ciertas... Le repito que, en lo sucesivo, quiero que...

Maigret, sin decir palabra, colgó, volvió al café, se sentó y empezó a leer. Michoux y Le Pommeret recorrían con los ojos un mismo periódico puesto sobre la mesa.

Nuestro excelente colaborador Jean Servières ha contado aquí mismo los acontecimientos que han ocurrido recientemente en Concarneau. Sucedió el viernes. Tras salir del Hotel de l'Amiral, un honorable comerciante de la ciudad, el señor Mostaguen, se detuvo en un portal para encender un cigarro y entonces recibió en el vientre un disparo hecho a través del buzón de cartas de la casa, un caserón deshabitado.

El sábado, el comisario Maigret, trasladado recientemente desde París y puesto al frente de la brigada móvil de Rennes, llegó al lugar de los hechos, lo que no impidió que se produjera una nueva tragedia.

En efecto, por la tarde, una llamada telefónica nos anunció que a la hora del aperitivo tres ciudadanos ilustres del lugar, los señores Le Pommeret, Jean Servières y el doctor Michoux, a los que se habían unido los investigadores, se dieron cuenta de que el pernod que les habían servido contenía una gran cantidad de estricnina.

Y este domingo por la mañana, el coche de Jean Servières ha sido encontrado cerca del río de Saint-Jacques, sin su propietario, al que no se ha visto desde el sábado por la tarde.

El asiento delantero ha aparecido manchado de sangre. Un cristal estaba roto; y todo hace suponer que se ha producido una pelea.

¡En tres días, tres tragedias! Se comprende que el terror comience a reinar en Concarneau, cuyos habitantes se preguntan con angustia quién será la próxima víctima.

La inquietud que reina entre la población se ha incrementado debido a la presencia misteriosa de un perro canelo que nadie conoce, que parece no tener dueño y que aparece a cada nueva desgracia.

¿Es posible que este perro haya aportado alguna pista importante a la policía? ¿Y no se busca a un individuo, que no ha sido identificado, pero que ha dejado en diversos lugares huellas sorprendentes, de unos pies mucho más grandes de lo normal?

¿Un loco...? ¿Un vagabundo...? ¿Es el autor de todas estas fechorías...? ¿A quién atacará esta noche...?

Encontrará a quién enfrentarse, pues los habitantes, asustados, tomarán la precaución de armarse y dispararán contra él al menor indicio de peligro.

Mientras tanto, este domingo, la ciudad está como muerta, y la atmósfera recuerda a aquellas ciudades del norte cuando, durante la guerra, la alarma avisaba de un bombardeo aéreo.

Maigret miró a través de los cristales. Ya no llovía, pero las calles estaban llenas de un barro negro, y el viento continuaba soplando con violencia. El cielo era de color gris pálido.

La gente volvía de misa. Casi todos llevaban *Le Phare de Brest* en la mano. Todas las miradas se volvían hacia el Hotel de l'Amiral, y muchos peatones apretaban el paso.

Desde luego, un halo de muerte se cernía sobre la ciudad. Pero ¿no ocurría así todos los domingos por la mañana? El teléfono volvió a sonar. Se oyó a Emma, que contestaba:

—No sé, señor... No estoy enterada... ¿Quiere que llame al comisario...? ¡Oiga...! ¡Oiga...! Han cortado...

—¿Quién era? —refunfuñó Maigret.

—Me parece que era un periódico de París... Preguntaban si había nuevas víctimas... Han reservado una habitación...

—Llame a *Le Phare de Brest*.

Mientras esperaba, paseó de un lado a otro, sin mirar al médico, medio tumbado en la silla, ni a Le Pommeret, que contemplaba sus dedos lleno de anillos.

—¡Hola...! ¿*Le Phare de Brest*...? Aquí el comisario Maigret... ¡Por favor, quisiera hablar con el director...! ¡Hola...! ¿Es usted...? ¡Bien! ¿Quiere decirme a qué hora ha salido de la prensa esta mañana su periodicucho...? ¿Eh? ¿A las nueve y media...? ¿Y quién ha redactado el artículo que trata de las tragedias ocurridas en Concarneau...? ¡Ah! ¡No! No me líe, ¿eh...? ¿Cómo dice...? ¿Que ha recibido el artículo en un sobre...? ¿Sin firma...? ¿Y usted publica cualquier información anónima que le llegue...? ¡Le felicito...!

Maigret quiso salir por la puerta que se abría directamente al muelle, pero la encontró cerrada.

—¿Qué significa esto? —le preguntó a Emma, mirándola a los ojos.

—Ha sido el médico...

Se fijó en Michoux, que tenía la cabeza más ladeada que nunca, se encogió de hombros y salió por la otra puerta, la del hotel. La mayoría de las tiendas estaban cerradas. La gente, vestida de domingo, caminaba deprisa.

Más allá de la dársena, en la que los barcos oscilaban atados sus anclas, Maigret encontró la entrada del río de Saint-Jacques, al final de la ciudad, donde las casas menudeaban y daban paso a los astilleros. En el muelle, se veían barcos en construcción. Viejas barcas se pudrían en el cieno.

En un lugar donde un puente de piedra unía las orillas del río, que desembocaba en el mar, un grupo de curiosos rodeaba un coche pequeño.

Había que dar una vuelta para poder llegar hasta allí, pues las obras de los muelles dificultaban el paso. Maigret se dio cuenta, por las miradas que le lanzaban, de que ya lo conocía todo el mundo. Y ante las tiendas cerradas, vio a gente inquieta que hablaba en voz baja.

Llegó, por fin, al coche abandonado al borde de la carretera y abrió la portezuela bruscamente. Cayeron cristales rotos, y enseguida vio las manchas oscuras en la tapicería del asiento.

A su alrededor de él se apretujaban niños y jóvenes de aspecto fanfarrón.

—¿Dónde está la casa del señor Servières...?

Lo acompañaron diez de ellos. Estaba a trescientos metros, un poco aislada. Una casa burguesa rodeada de un jardín. La escolta se detuvo ante la verja. Maigret llamó y fue introducido por una joven criada de rostro alterado.

—¿Está la señora Servières?

Esta se hallaba abriendo ya la puerta del comedor.

—¡Dígame, comisario...! ¿Cree que lo han matado...? Me estoy volviendo loca... Yo...

Una buena mujer, de unos cuarenta años, con aspecto de ama de casa hacendosa, lo cual confirmaba la pulcritud que reinaba en la casa.

—¿Desde cuándo no ha visto a su marido?

—Vino a comer ayer por la tarde... Me di cuenta de que estaba preocupado, pero no quiso decirme nada... Había dejado el coche ante la puerta, lo que significaba que pensaba volver a salir... Sabía que iría a jugar una partida en el café de l'Amiral... Le pregunté si volvería tarde... Me acosté a las diez... Estuve mucho tiempo despierta... Oí dar las once, luego las once y media... A menudo volvía muy tarde... Debí de quedarme dormida... Me desperté en plena noche... Me extrañó que no estuviera en la cama... Entonces pensé que alguien lo habría llevado a Brest... Aquí no hay mucha diversión... Y por eso, algunas veces... No podía volver a dormirme... Desde las cinco de la mañana estuve en pie, vigilando tras la ventana... No le gusta que le espere levantada, y menos aún que le pregunte sobre lo que ha hecho... A las nueve corrí a casa del señor Le Pommeret... Y, al volver por otro camino, fue cuando vi a la gente alrededor del coche... ¡Dígame! ¿Por qué iban a matarlo...? Es el hombre más bueno del mundo... Estoy segura de que no tiene enemigos...

Ante la verja se había congregado un grupo.

—Parece ser que hay manchas de sangre... He visto a la gente leer el periódico, pero nadie ha querido enseñármelo...

—¿Su marido llevaba mucho dinero encima...?

—No, no lo creo... ¡Como siempre...! Trescientos o cuatrocientos francos...

Maigret le prometió tenerla al corriente, y llegó, incluso, a darle vagas esperanzas. Un olor de asado de cordero provenía de la cocina. La criada, con delantal blanco, lo condujo hasta la puerta.

El comisario no había andado cien metros cuando de pronto se le acercó un transeúnte.

—Discúlpeme, comisario... Me presentaré... Soy Dujardin, maestro... Hace una hora que la gente, sobre todo los padres de mis alumnos, vienen a preguntarme si hay algo de verdad en lo que cuenta el periódico... Algunos querrían saber si, en caso de ver al hombre de los pies grandes, deberían disparar contra él...

Maigret no era precisamente un modelo de paciencia. Metiéndose las manos en los bolsillos, masculló:

—¡Déjeme en paz!

Y se dirigió hacia el centro de la ciudad. ¡Todo aquello era absurdo! Jamás había visto nada parecido. Se asemejaba a los huracanes, tal como los representan en el cine. Primero se presenta una calle tranquila, un cielo sereno. Luego surge, sobreimpresa, una nube que oculta el sol. Un fuerte viento barre la calle. Iluminación verdosa. Contraventanas que golpean. Torbellinos de polvo. Grandes gotas de agua.

¡Y ya está la calle bajo una lluvia torrencial, bajo un cielo dramático!

Concarneau cambiaba a ojos vistas. El artículo de *Le Phare de Brest* solamente había sido el punto de partida. Hacía tiempo que los comentarios sobrepasaban con mucho la versión escrita.

¡Y, para colmo, era domingo! ¡Los vecinos no tenían nada que hacer! Se veía que habían elegido para pasear el sitio en el que estaba el coche de Jean Servières, junto al cual hubo que poner un par de agentes. Los curiosos permanecían allí durante horas, oyendo las explicaciones que daban los más enterados.

Cuando Maigret volvió al Hotel de l'Amiral, el propietario, con su gorro blanco, presa de un gran nerviosismo, lo agarró por una manga.

—Tengo que hablar con usted, comisario... Esta situación es insostenible...

—Ante que nada, sírvame la comida...

—Pero...

Maigret fue a sentarse en un rincón, donde pidió, rabioso:

—¡Una caña...! ¿Ha visto a mi inspector...?

—Ha salido... Creo que lo llamó el alcalde... También han llamado de París... Un periódico ha reservado dos habitaciones para un reportero y un fotógrafo...

—¿Y el médico...?

—Está arriba... Ha pedido que nadie le moleste...

—¿Y el señor Le Pommeret...?

—Acaba de irse...

El perro canelo ya no estaba allí. Algunos jóvenes, con una flor en el ojal y el pelo tieso por la brillantina, se hallaban sentados a una mesa; pero no bebían las limonadas que habían pedido. Habían ido tan solo para curiosear. Y se les veía muy orgullosos de haber reunido valor para ello.

—Emma, ven aquí...

Existía una especie de simpatía innata entre la camarera y el comisario. Se dirigió hacia él con expresión confiada, dejando que la llevara hasta un rincón.

—¿Estás segura de que el médico no ha salido esta noche...?

—Le juro que no he dormido en su habitación...

—¿Tal vez haya salido...?

—No creo... Tiene miedo... Esta mañana ha sido él quien me pidió que cerrara la puerta que da al muelle...

—¿Por qué te conoce el perro canelo...?

—No lo sé... No le he visto nunca... Viene... Se va... Me pregunto, incluso, quién le dará de comer...

—¿Hace mucho que se ha ido...?

—No me he fijado...

El inspector Leroy volvía, nervioso.

—Comisario, el alcalde está furioso... ¡Y le advierto que es todo un personaje...! Me ha dicho que es primo del ministro de Justicia... Dice que estamos dando palos de ciego, que solo servimos para sembrar el pánico en la ciudad... Quiere que detengamos a alguien, sea quien sea, para tranquilizar a la población... Le he prometido que se lo comentaría a usted... Me ha vuelto a repetir que nuestras carreras nunca han estado tan comprometidas como ahora...

Maigret rascó tranquilamente el fondo de su pipa.

—¿Qué piensa usted hacer?

—Nada en absoluto...

—Pero...

—¡Es usted joven, Leroy! ¿Ha encontrado huellas interesantes en el chalet del médico...?

—Lo he enviado todo al laboratorio... Los vasos, las latas de conserva, el cuchillo... He hecho incluso un molde en yeso de las huellas del hombre y las del perro... Ha sido difícil, porque el yeso de aquí es muy malo... ¿Tiene usted alguna idea...?

Por toda respuesta, Maigret sacó un cuadernito de su bolsillo; y el inspector leyó, cada vez más confuso:

Ernest Michoux (llamado «el médico»). — Hijo de un modesto industrial del departamento Sena y Oise que fue diputado durante una legislatura y que luego se declaró en quiebra. El padre murió. La madre es una intrigante. Ha intentado, junto con su hijo, explotar unas parcelas de Juan-les-Pins. Fracaso absoluto. Lo está intentando en Concarneau. Ha creado una sociedad anónima, gracias al apellido de su difunto marido. No aportó ningún capital. Actualmente trata de conseguir que el municipio y la provincia paguen los gastos que conllevaría un estudio de viabilidad de las parcelas.

Ernest Michoux estuvo casado y luego se divorció. Su exmujer es ahora la esposa de un notario de Lille.

Tipo de degenerado. Mal pagador.

El inspector miró a su jefe como si quisiera preguntarle: «¿Qué más?».

Maigret le mostró las siguientes líneas:

Yves Le Pommeret. — De la familia Le Pommeret. Su hermano Arthur dirige la fábrica más importante de latas de conservas de Concarneau. Pequeña nobleza. Yves Le Pommeret es el niño bonito de la familia. No ha trabajado nunca. Ha despilfarrado la mayor parte de su patrimonio en París. Se instaló en Concarneau cuando solo le quedaban veinte mil francos de renta. Consigue parecer un personaje importante, aunque él mismo se limpie los zapatos. Muchas aventuras con obreras jóvenes. Hubo que silenciar algunos escándalos. Caza en todos los castillos de los alrededores. Buena presencia. Por sus excelentes relaciones, ha logrado que le nombren vicecónsul de Dinamarca. Pretende que le otorguen la Legión de Honor. Sablea a menudo a su hermano para pagar sus deudas.

Jean Servières (pseudónimo de Jean Goyard). — Nacido en el Morbihan. Periodista durante mucho tiempo en París, secretario general de pequeños teatros, etc. Heredó algo de dinero y se instaló en Concarneau. Se casó con una antigua acomodadora, que era su amante desde hacía quince años. Tren de vida burgués. Algunas calaveradas en Brest y en Nantes. Vive de pequeñas rentas más que del ejercicio del periodismo, del que está muy orgulloso. Ha recibido premios académicos.

—¡No entiendo nada! —balbució el inspector.

—¡Vaya, hombre! A ver sus notas...

—Pero... ¿quién le ha dicho que yo...?

—Deme...

El carnet del comisario era un cuadernito barato, de papel cuadriculado, con tapas de hule negro. El del inspector Leroy era una agenda de anillas.

Con aire paternal, Maigret leyó:

1. ASUNTO MOSTAGUEN: La bala que alcanzó al comerciante de vinos seguramente estaba destinada a otro. Como no podía preverse que alguien se detendría en el umbral, debían de haberse citado en ese lugar con la verdadera víctima, que no se presentó, o bien llegó demasiado tarde.

A menos que el objetivo sea el de aterrorizar a la población. El asesino conoce perfectamente Concarneau. (No se han analizado las cenizas de cigarrillo encontradas en el pasillo).

2. ASUNTO DEL PERNOD ENVENENADO: En invierno, el café de l'Amiral está desierto casi todo el día. Un hombre que conociera ese detalle pudo entrar y echar el veneno en las botellas. En dos botellas. Luego iba destinado a los consumidores de pernod y de calvados. (Hay que señalar que el médico se ha dado cuenta enseguida de la presencia de granos de polvo blanco en los líquidos).

3. ASUNTO DEL PERRO CANELO: Conoce el café de l'Amiral. Tiene dueño. Pero ¿quién? Tendrá unos cinco años por lo menos.

4. ASUNTO SERVIÈRES: Averiguar con la ayuda de un experto en caligrafía quién ha enviado el artículo a *Le Phare de Brest*.

Maigret sonrió, devolvió la agenda a su compañero y le dijo:

—Muy bien, muchacho... —Después, echando una mirada hosca a las siluetas de curiosos que se vislumbraban sin cesar a través de los cristales verdes, añadió—: ¡Vayamos a comer!

Cuando estuvieron solos en el comedor, con el viajante de comercio, que había llegado por la mañana, Emma les anunció que el doctor Michoux, cuyo estado había empeorado, había pedido que le sirvieran en la habitación una comida ligera.

Por la tarde, el café de l'Amiral, con sus vidrieras verdosas, fue como un escaparate de un jardín botánico, ante el que desfilaban los curiosos vestidos de domingo. Y se los veía dirigirse enseguida hacia el final del puerto, donde el coche de Servières era la segunda atracción, custodiado por dos policías.

El alcalde telefoneó tres veces desde su suntuosa mansión de Sables Blancs.

—¿Han detenido a alguien...?

Maigret apenas se molestaba en contestar. Los jóvenes de dieciocho a veinticinco años invadían el café. Grupos ruidosos, que se apoderaban de una mesa, pedían consumiciones que luego no tomaban.

Cuando llevaban unos cinco minutos en el café, la charla languidecía, se apagaban las risas, el fastidio sustituía a la falsa alegría. Y uno tras otro iban marchándose.

La diferencia se hizo más evidente cuando se encendieron las lámparas. Eran las cuatro. Normalmente, a esa hora, la muchedumbre seguía entrando y saliendo del café.

Esa tarde aquello era un desierto, reinaba un silencio de muerte. Como si todos los paseantes se hubieran puesto de acuerdo. En menos de un cuarto de hora se vaciaron las calles, y, cuando sonaban algunos pasos, eran los pasos precipitados de algún rezagado, ansioso por refugiarse en su casa.

Emma estaba acodada en la caja. El propietario iba de la cocina al café, donde Maigret se obstinaba en ignorar sus quejas.

Ernest Michoux bajó hacia las cuatro y media, de nuevo en zapatillas. Tenía la barba crecida. Su pañuelo de seda color crema estaba manchado de sudor.

—¿Está usted ahí, comisario...?

La presencia de este pareció reconfortarlo.

—¿Y su inspector...?

—Lo he enviado a dar una vuelta por la ciudad...

—¿Y el perro...?

—No hemos vuelto a verlo desde esta mañana...

El suelo era gris; el mármol de las mesas, de un blanco amarillento, con vetas azuladas. A través de los cristales, se vislumbraba el reloj luminoso de la torre, el cual señalaba las cinco menos diez.

—¿Aún no se sabe quién ha escrito ese artículo...?

El periódico estaba sobre la mesa. Y al final uno solo se fijaba en aquellas cinco palabras: «¿A quién le tocará ahora?».

Sonó el teléfono, Emma contestó:

—No... Nada... No sé nada...

—¿Quién era? —preguntó Maigret.

—Otro periódico de París... Parece que los redactores llegarán en coche...

No había acabado la frase cuando sonó otro timbrazo.

—Es para usted, comisario...

El médico, pálido, siguió a Maigret con la mirada.

—¡Diga...! ¿Quién es...?

—Soy Leroy... Estoy en la ciudad vieja, cerca del pasadizo... Ha habido un disparo... Un zapatero ha visto desde su ventana al perro canelo...

—¿Muerto...?

—¡Herido! Le han destrozado los riñones... El animal casi no puede moverse... La gente no se atreve a acercarse a él... Lo estoy llamando desde un café... El animal está en medio de la calle... Le veo por los cristales. Está aullando... ¿Qué hago...?

La voz del inspector, que él habría deseado que sonara tranquila, era ansiosa, como si aquel perro canelo herido fuera un ser sobrenatural.

—La gente está asomada a las ventanas... Dígame, comisario, ¿debería rematarlo?

El médico, con la tez grisácea, estaba en pie tras el comisario y preguntaba tímidamente:

—¿Qué pasa...? ¿Qué está diciendo?

El comisario veía a Emma acodada en el mostrador, con la mirada perdida.

4

Puesto de mando de compañía

Maigret atravesó el puente levadizo, franqueó la línea de murallas, se internó en una calle irregular y mal iluminada. Es lo que los conarneses llaman la ciudad cerrada, es decir, el barrio antiguo, rodeado todavía de murallas y una de las partes más concurridas de la ciudad.

Sin embargo, a medida que avanzaba, el comisario se adentraba en una zona de silencio, cada vez más sospechoso. El silencio de una muchedumbre, hipnotizada por un espectáculo, que se estremece, que siente miedo o que se impacienta.

Algunas voces aisladas, de adolescentes, intentando dárselas de valientes.

Al doblar otra esquina, el comisario se encontró con la escena: la calle era estrecha; en todas las ventanas había gente asomada; habitaciones iluminadas con petróleo, camas entrevistas, un grupo que obstruía el paso, y, más allá del grupo, un gran vacío, de donde ascendía un estertor.

Maigret apartó a los espectadores, muchachos en su mayoría, sorprendidos de su llegada. Dos de ellos estaban todavía ocupados en tirar piedras al perro. Sus compañeros quisieron detenerlos. Se oyó, o más bien se adivinó:

«¡Cuidado...!».

Uno de los que tiraban piedras enrojeció hasta las orejas cuando Maigret lo empujó hacia la izquierda, acercándose al animal herido. El silencio, ahora, era distinto. Era evidente que unos momentos antes una ebriedad maligna animaba a los espectadores, excepto a una vieja que gritaba desde su ventana:

—¡Qué vergüenza...! ¡Debería detenerlos a todos, comisario...! Todos ensañándose con ese pobre animal... ¡Y yo sé bien por qué...! Porque tienen miedo.

El zapatero que había disparado se metió, avergonzado, en su tienda. Maigret se agachó para acariciar la cabeza del perro, que le lanzó una mirada de asombro, pero no de gratitud. El inspector Leroy salía del café desde donde había telefoneado. La gente se alejaba a regañadientes.

—Que traigan una carretilla...

Las ventanas se iban cerrando una tras otra, pero tras los visillos se vislumbraban sombras curiosas. El perro estaba sucio, con el espeso pelaje manchado de sangre. Tenía el vientre lleno de barro; el hocico, seco y ardiente. Ahora que se ocupaban de él, se mostraba más confiado y ya no se arrastraba por el suelo, en el que una veintena de guijarros lo rodeaban.

—¿Adónde hay que llevarlo, comisario...?

—Al hotel... Con cuidado... Que pongan paja en el fondo de la carretilla...

Ese cortejo podría haber resultado ridículo. Pero resultaba impresionante por ensalmo de la angustia que, desde por la mañana, no había cesado de condensarse. La carretilla, empujada por un viejo, y que traqueteaba sobre el adoquinado a lo largo de la calle llena de curvas, franqueó el puente levadizo y nadie se atrevió a seguirle. El perro canelo respiraba con dificultad, estirando sus cuatro patas al tiempo que sufría un espasmo.

Frente al Hotel de l'Amiral, había un coche que Maigret no había visto antes. Cuando empujó la puerta del café, se dio cuenta de que la atmósfera había cambiado.

Un hombre tropezó con él, vio que alzaban al perro de la carretilla, enfocó al animal con un aparato fotográfico y estalló un fogonazo de magnesio. Otro, con pantalones de golf y un grueso jersey rojo, con un cuaderno en la mano, se tocó la gorra.

—¿Comisario Maigret...? Soy Vasco, del *Journal*... Acabo de llegar y he tenido la suerte de encontrar al señor...

Señaló a Michoux, sentado en un rincón, pegado a la banqueta de hule.

—El coche del *Petit Parisien* nos sigue... Ha sufrido una avería a diez kilómetros de aquí...

Emma preguntó al comisario:

—¿Dónde quiere que lo ponga?

—¿No hay ningún sitio donde ponerlo en la casa...?

—Sí... junto al patio... Un cuchitril donde guardamos las botellas vacías...

—Leroy, llame a un veterinario...

Hacía una hora todo aquello estaba vacío; un vacío lleno de reticencias. Ahora, el fotógrafo, con un chaquetón casi blanco, tropezando con las mesas y las sillas, gritaba:

—¡Un momento...! No se mueva, por favor... Vuelva la cabeza del perro hacia aquí...

Y el magnesio fulguraba.

—¿Y Le Pommeret? —preguntó Maigret, acercándose al médico.

—Salió un poco después que usted... El alcalde ha vuelto a llamar... Creo que vendrá...

A las nueve de la noche aquello era una especie de cuartel general. Habían llegado dos reporteros más. Uno de ellos redactaba sus notas en una mesa del fondo. De cuando en cuando un fotógrafo bajaba de su habitación.

—¿No tendrán ustedes alcohol de noventa grados? Me resulta imprescindible para secar las películas... ¡El perro es extraordinario...! ¿Dice usted que hay una farmacia aquí al lado...? ¿Está cerrada...? No importa...

En el pasillo donde estaba el teléfono, un periodista dictaba sus notas con voz indiferente:

—Sí, Maigret... M de Maurice... A de Arthur... Sí... I de Isidore... Anote todos los apellidos al mismo tiempo... Michoux... M... I... choux... Espere, le daré los titulares... ¿Lo sacarán en primera plana...? ¡Sí...! Dígale al jefe que tiene que salir en primera página...

Leroy, desconcertado, buscaba continuamente con la mirada a Maigret, como si quisiera ampararse en él. En un rincón, el único viajante de comercio preparaba su ruta del día siguiente, con la ayuda del anuario de la provincia. De vez en cuando llamaba a Emma.

—Chauffier... ¿Es una ferretería importante...? Gracias...

El veterinario había extraído la bala y rodeado la parte trasera del perro con un vendaje rígido.

—¡Qué vida más dura llevan estos animales...!

Habían extendido una vieja colcha sobre la paja, en el cuchitril con baldosas de granito azul, que daba, a la vez, al patio y la escalera que bajaba hasta la bodega. Allí estaba acostado el perro, solo, a diez centímetros de un trozo de carne, que no tocaba.

El alcalde había llegado en coche. Era un viejo de barbita blanca muy cuidada, de gesto adusto. Parpadeó al entrar en aquella atmósfera de cuerpo de guardia, o más bien de puesto de mando de compañía.

—¿Quiénes son estos señores?

—Periodistas de París...

El alcalde estaba a punto de estallar.

—¡Magnífico! ¡Así que mañana se hablará en toda Francia de esta estúpida historia...! ¿Y usted todavía no ha averiguado nada...?

—¡La investigación continúa! —masculló Maigret, en el mismo tono con el que habría preguntado: «¿Y a usted qué le importa?».

Pues reinaba una gran irritabilidad en el ambiente. Todo el mundo tenía los nervios a flor de piel.

—Y usted, Michoux, ¿no vuelve a su casa...?

La mirada del alcalde era despectiva; acusaba al médico de cobardía.

—A este paso, antes de veinticuatro horas se producirá un pánico general... Ya le he dicho que lo que necesitamos es una detención, sea cual sea...

Y recalcó estas últimas palabras, lanzando una mirada a Emma.

—Ya sé que no puedo darle órdenes... Respecto a la policía local, le ha dejado usted un papel insignificante... Pero le diré algo: otro tragedia más, una solo, y se producirá una catástrofe... La gente espera alguna explicación... Las tiendas, que otros domingos están abiertas hasta las nueve, han cerrado sus puertas... Ese estúpido artículo de *Le Phare de Brest* ha aterrorizado a la población...

El alcalde, que no se había quitado en ningún momento el bombín de la cabeza, se lo caló aún más al tiempo que se iba, no sin antes haberle advertido:

—Le agradeceré que me tenga al corriente, comisario... Y le recuerdo que todo lo que se haga desde este momento se hace bajo su responsabilidad...

—¡Una cerveza, Emma! —pidió Maigret.

No podían impedir que los periodistas se acercaran hasta Hotel de l'Amiral, ni que se instalaran en el café, ni que llamasen por teléfono, ni que llenasen la casa con su agitación ruidosa. Pedían tinta y papel. Interrogaban a Emma, a la que se veía terriblemente asustada.

Fuera, la noche oscura, con un rayo de luna que acentuaba el romanticismo de un cielo cargado de nubes, en lugar de iluminarlo. Y todo aquel barro pegado a los zapatos, ya que en Concarneau no se conocían todavía las calles adoquinadas.

—¿Le ha dicho Le Pommeret si volvería? —preguntó Maigret a Michoux.

—Sí... Ha ido a su casa a cenar...

—¿Su dirección...? —quiso saber un periodista, que ya no tenía nada que hacer.

El médico se la dio, mientras el comisario se encogía de hombros y se llevaba a Leroy a un rincón.

—¿Tiene usted el original del artículo publicado esta mañana...?

—Acabo de recibirlo... Está en mi habitación... El texto fue escrito con la mano izquierda, seguramente por alguien que temía que reconocieran su letra...

—¿Sin sello?

—¡Sin sello! La carta fue echada en el buzón del periódico... En el sobre habían escrito: «Muy urgente»...

—Así que, a las ocho de la mañana, todo lo más tarde, alguien estaba enterado de la desaparición de Jean Servières, sabía que el coche estaba o sería abandonado cerca del río de Saint-Jacques y que se encontrarían manchas de sangre en el asiento... Y también sabía que se descubrirían en alguna parte huellas de un desconocido de pies enormes...

—¡Increíble! —susurró el inspector—. Respecto a las huellas, las he enviado al Quai des Orfèvres. Han consultado los archivos. Ya me han respondido: No coinciden con ninguna ficha de ningún delincuente...

Era evidente que Leroy se había contagiado del miedo reinante. Pero quien más se había contagiado, si puede decirse así, de aquel virus, era Ernest Michoux, cuya silueta resultaba cada vez más grotesca, en contraste con los atuendos deportivos, los gestos desenvueltos y la seguridad de los periodistas.

No sabía dónde meterse. Maigret le preguntó:

—¿No se va a dormir...?

—Todavía no... Nunca me duermo antes de la una de la mañana...

Se esforzaba por esbozar una sonrisa, enseñando dos dientes de oro.

—Francamente, ¿qué opina usted?

El reloj luminoso de la ciudad vieja desgranó diez campanadas. Llamaban al comisario por teléfono. Era el alcalde.

—¿Todavía nada...?

¿También él esperaba que ocurriera otra tragedia?

¿Acaso no se la esperaba también Maigret? Con el ceño fruncido fue a echar un vistazo al perro, que estaba dormido y que, sin miedo, abrió un ojo y lo miró mientras se acercaba. El comisario le acarició la cabeza y puso un poco de paja bajo sus patas.

Advirtió que el dueño del local estaba detrás de él.

—¿Cree que estos señores de la prensa se quedarán mucho tiempo aquí...? Porque, en tal caso, tendría que pensar en las provisiones... Y mañana es día de mercado, a las seis...

Si alguien no estaba acostumbrado a Maigret, en situaciones como aquella, este resultaba desconcertante: notar sus grandes ojos fijos en cualquiera, como si no lo viese realmente, y después oírle refunfuñar algo ininteligible, al tiempo que se iba, con aire de no concederle ninguna importancia.

En aquel momento, el reportero del *Petit Parisien* entró, sacudiendo su impermeable, reluciente de agua.

—¡Vaya...! ¿Está lloviendo...? ¿Algo nuevo, Groslin...?

Una lucecilla brillaba en las pupilas del joven, que dijo algunas palabras en voz baja al fotógrafo que lo acompañaba, y después descolgó el receptor del aparato.

—*Petit Parisien*, señorita... Servicio de prensa... ¡Prioridad...! ¿Qué...? ¿Tiene comunicación directa con París...? Entonces pásemelo enseguida... ¡Hola...! ¡Hola...! ¿El *Petit Parisien*...?... ¿Señorita Germaine...? Póngame con la taquígrafa de servicio... ¡Soy Groslin...!

Su tono era apremiante. Su mirada parecía desafiar a los compañeros que lo escuchaban. Maigret, que pasaba por detrás de él, se paró para escuchar también.

—¡Hola...! ¿Es usted la señorita Jeanne...? ¡Vamos, deprisa...! Aún tenemos tiempo para algunas ediciones de provincias... Los otros solo lo tendrán para la edición de París... Dígale al redactor jefe que escriba el artículo... No tengo tiempo... Asunto Concarneau... Nuestras previsiones eran acertadas... Nuevo crimen... ¡Hola!, ¡Sí, crimen...! Un hombre muerto, si le gusta más así...

Todo el mundo se había callado. El médico, hechizado, se acercaba al periodista, que seguía febril, triunfante, arrollador:

—Después del señor Mostaguen, después del periodista Jean Servières, ¡el señor Le Pommeret...! Sí... Le he deletreado el nombre hace un momento. Acaban de encontrarlo muerto en su habitación... ¡En su casa...! Ninguna herida... Tenía los músculos rígidos, por lo que todo hace pensar en un envenenamiento... Espere... Terminen con «reina el terror»... ¡Sí...! Corra a ver redactor jefe... Le dictaré inmediatamente una nota para la edición de París, pero es fundamental que la información salga en la edición de provincias....

Colgó, se secó el sudor y lanzó alrededor una mirada triunfal.

El teléfono volvió a sonar.

—¡Hola...! ¿Es usted el comisario...? Hace más de un cuarto de hora que tratamos comunicarnos con usted... Le llamo desde la casa de la señora Le Pommeret... ¡Deprisa...! ¡Está muerto...!

La voz repitió como un graznido:

—Muerto...

Maigret miraba a su alrededor. En casi todas las mesas había vasos vacíos. Emma, pálida, seguía con la mirada al policía.

—¡Que nadie toque un vaso, ni una botella! —ordenó—. ¿Me ha oído, Leroy...? No se mueva de aquí...

El médico, con la frente perlada de sudor, se había quitado el pañuelo y se le veía el cuello delgado, con la camisa sujeta por un pasador.

Cuando Maigret llegó a la vivienda de Le Pommeret, un médico que vivía en la casa de al lado había llevado a cabo ya las primeras diligencias.

Allí había una mujer, de unos cincuenta años, propietaria del inmueble, que era la que había telefoneado.

Una bonita casa de piedra gris, frente al mar. Cada veinte segundos el pincel luminoso del faro incendiaba las ventanas.

Un balcón. Un asta de bandera y un escudo de armas de Dinamarca.

El cuerpo estaba tendido sobre la alfombra rojiza de un estudio lleno de objetos sin valor. Fuera, cinco personas vieron pasar al comisario sin decir palabra.

En las paredes, fotografías de actrices, dibujos recortados de algunos periódicos de variedades y enmarcados, algunas dedicatorias de mujeres.

Le Pommeret tenía la camisa desgarrada. Sus zapatos estaban todavía embarrados.

—¡Estricnina! —exclamó el médico—. Al menos, juraría que se trata de eso... Mírele los ojos... Y, sobre todo, fíjese en la rigidez del cuerpo... Ha estado agonizando cerca de media hora... Tal vez más...

—¿Dónde estaba usted? —preguntó Maigret a la señora de la casa.

—Abajo... Tenía subarrendado todo el primer piso al señor Le Pommeret, que comía en mi casa... Vino a cenar hacia las ocho... Apenas comió... Recuerdo que dijo que la corriente eléctrica no funcionaba bien, pero las bombillas alumbraban como siempre...

»Me dijo también que pensaba volver a salir, pero que antes se tomaría una aspirina porque sentía cierta presión en la cabeza...

El comisario se volvió hacia el médico con mirada interrogante.

—¡Eso concuerda...! Los primeros síntomas...

—¿Cuánto tiempo después aparecen tras haber ingerido el veneno...?

—Eso depende de la dosis y de la constitución de la persona... Unas veces media hora; otras, dos horas...

—¿Y la muerte...?

—Sobreviene tras una parálisis general... Pero antes se manifiestan parálisis locales... Por tanto, es probable que haya intentado llamar... Estaba acostado en el diván...

Ese mismo diván que hacía que llamaran al pisito de Le Pommeret «¡la casa de las ignominias!». Había muchas más fotos de revistas de variedades alrededor del diván que en cualquier otra parte de la casa. Una pequeña lamparilla daba una luz rosada.

—Todo su cuerpo se habrá sacudido como si hubiera sufrido un ataque de *delirium tremens*... La muerte lo ha sorprendido en el suelo...

Maigret fue hacia la puerta que quería franquear un fotógrafo, y se la cerró en las narices.

Calculaba a media voz:

—Le Pommeret salió del café de l'Amiral poco después de las siete... Se tomó un coñac con un poco de agua... Un cuarto de hora más tarde, cenó y bebió aquí... Según lo que usted me ha dicho acerca de los efectos de la estricnina, lo mismo pudo haber ingerido el veneno tanto allí como aquí...

Descendió rápidamente al piso bajo, donde estaba el ama de casa llorando, rodeada de tres vecinas.

—¿Los platos, los vasos de la cena...?

La mujer tardó en comprender lo que le decía; y, cuando iba a contestar, Maigret estaba ya en la cocina mirando un gran barreño de agua todavía caliente con los platos limpios a la derecha, y a la izquierda, los sucios y los vasos.

—Estaba fregando los cacharros cuando...

Llegó un agente.

—Vigile la casa. Haga salir a todo el mundo menos a la propietaria. ¡Y ni un periodista, ni un fotógrafo...! Que no se toque ni un vaso, ni un plato...

Había que recorrer quinientos metros para llegar al hotel. La ciudad estaba sumida en sombras. Apenas si quedaban dos o tres ventanas alumbradas, a gran distancia una de otra.

En la plaza, por el contrario, en la esquina del muelle, los tres vanos verdosos del Hotel de l'Amiral estaban iluminados, pero, debido al color de los cristales, daban más bien la impresión de un monstruoso acuario.

Conforme se iba uno acercando, se percibían los cuchicheos, el timbre del teléfono, el motor de un coche que se ponía en marcha.

—¿Adónde va? —preguntó Maigret.

Se dirigía a un periodista.

—¡La línea está ocupada! Voy a telefonear a otro sitio... Dentro de diez minutos será demasiado tarde para mi edición de París...

El inspector Leroy, de pie en el café, parecía un maestro de escuela que vigila la clase de la tarde. Había quien escribía sin tregua. El viajante de comercio estaba aturdido, pero le atraía enormemente aquella atmósfera, nueva para él.

Todos los vasos estaban encima de las mesas. Había copas que habían contenido aperitivos, cervezas llenas de espuma, copitas de licor.

—¿A qué hora se han limpiado las mesas...?

Emma intentó recordar.

—No podría decírselo. He ido retirando algunos vasos a medida que se usaban... Otros están ahí desde el mediodía...

—¿El vaso del señor Le Pommeret...?

—Señor Michoux. ¿Qué bebió el señor Le Pommeret...?

Fue Maigret quien contestó:

—Un coñac con agua...

La muchacha miró los platillos con la nota uno por uno.

—Seis francos... Pero también he servido un whisky a

uno de estos señores, y tiene el mismo precio... ¿Quizá sea este vaso...? Puede que no...

El fotógrafo, sin perder un minuto, ya estaba retratando toda aquella cristalería azulada reunida en las mesas de mármol.

—¡Vaya a buscar al farmacéutico! —ordenó el comisario a Leroy.

Aquella fue, verdaderamente, la noche de los vasos y los platos. Se llevaron también los de la casa del vicecónsul de Dinamarca. Los reporteros entraban en el laboratorio como en su casa, y uno de ellos, antiguo estudiante de Medicina, participó incluso en los análisis.

El alcalde, al teléfono, se había contentado con dejar caer, con una voz hiriente:

—... es usted responsable...

No encontraron nada. Sin embargo, el dueño del local apareció de pronto, preguntando:

—¿Qué ha pasado con el perro...?

El lugar donde la habían acostado sobre la paja estaba vacío. El perro canelo, incapaz de andar e incluso de moverse, a causa del vendaje que le aprisionaba la parte trasera, había desaparecido.

¡Los vasos no revelaron nada!

—¡Tal vez el del señor Le Pommeret se haya lavado...! No lo sé... ¡Con tanto jaleo...! —dijo Emma.

En la otra casa también se había fregado con agua caliente la mitad de los cacharros.

Ernest Michoux, con la tez terrosa, estaba inquieto sobre todo por la desaparición del perro.

—¡Se lo han llevado por el patio...! Hay una entrada que

da al muelle... Una especie de callejón sin salida... Habría que cerrar esa puerta, comisario... Si no... ¡Piense que han podido entrar aquí sin que nadie se dé cuenta...! ¡Y marcharse con el animal en brazos...!

Parecía que no se atrevía a salir del fondo de la sala y que procuraba situarse lo más lejos posible de las puertas.

5

El hombre del Cabélou

Eran las ocho de la mañana. Maigret, que no se había acostado, había tomado un baño y ahora estaba terminando de afeitarse ante un espejo colgado en la ventana.

Hacía más frío que los días anteriores. La lluvia turbia parecía aguanieve. Abajo, un reportero espiaba la llegada de los periódicos de París. Habían oído el silbido del tren a las siete y media de la mañana. Dentro de unos momentos llegarían los vendedores, con las ediciones extraordinarias.

El comisario miró la plaza, que estaba llena de gente por el mercado semanal. Pero se adivinaba que el mercado no tenía su animación habitual. La gente hablaba en voz baja. Los campesinos parecían inquietos por las noticias que les llegaban.

Sobre el terraplén había una cincuentena de puestos, con barras de mantequilla, huevos, verduras, tirantes, medias de seda. A la derecha, se estacionaban las carretas y los carros de todo tipo, y aquel conjunto estaba dominado por el deslizamiento alado de las cofias blancas de anchas puntillas.

Maigret no se dio cuenta de que algo pasaba hasta que vio que una gran parte del mercado cambiaba de aspecto y la gente se arremolinaba y miraba en una misma dirección. La ventana estaba cerrada. No oía los ruidos, o, mejor dicho, solo le llegaba un rumor confuso.

Miró más allá. En el puerto algunos pescadores habían estado cargando cestos vacíos y las redes en las barcas. Pero se inmovilizaron de pronto, y dejaron paso a dos agentes de policía, que conducían a un preso hacia el ayuntamiento.

Uno de los policías era muy joven, imberbe. Su rostro denotaba ingenuidad. El otro, con sus bigotes enormes, rojizos, y con sus espesas cejas, tenía un aspecto terrible.

En el mercado habían cesado las discusiones. Todo el mundo miraba a los tres hombres que avanzaban. Se veían las esposas que ceñían las muñecas del malhechor.

¡Un coloso! Caminaba inclinado hacia delante, lo que hacía que su espalda pareciese el doble de ancha. Arrastraba los pies en el barro, y daba la impresión de que fuera él quien llevaba a los agentes a remolque.

Vestía un traje viejo de mala calidad. Iba con la cabeza descubierta, de espeso cabello, muy corto y muy moreno.

El periodista corrió por la escalera, golpeó una puerta mientras llamaba a gritos a su fotógrafo, dormido:

—¡Benoît...! ¡Benoît...! ¡Rápido...! En pie... ¡Una foto fantástica...!

No sabía con cuánta razón había hablado, porque, mientras Maigret se quitaba los últimos restos de jabón de las mejillas y buscaba su chaqueta, sin dejar de mirar la plaza, ocurrió un suceso realmente extraordinario.

La gente no había tardado en agolparse alrededor de los agentes y del prisionero. De pronto, este, que debía de esperar desde hacía rato aquella ocasión, dio una violenta sacudida con las muñecas. Desde lejos, el comisario vio los pedazos de cadena, que colgaban de las manos de los policías. El hombre se precipitó hacia la multitud. Una mujer cayó al suelo. La gente salió huyendo. Antes que todos se repusieran del estupor, el prisionero se había adentrado en un callejón a veinte metros del Hotel de l'Amiral, al lado de la casa vacía, cuyo buzón había escupido una bala de revólver el viernes anterior.

Uno de los agentes, el más joven, estuvo a punto de disparar; dudó, y se puso a correr llevando el arma de tal manera que Maigret temió un accidente. Un voladizo de madera blanca cedió por la presión de los que huían y su tejado de lona se derrumbó sobre las barras de mantequilla.

El agente joven tuvo el valor de adentrarse solo por el callejón. Maigret, que conocía ese tipo de lugares, terminó de vestirse sin prisas.

Pues sería un verdadero milagro encontrar a aquel salvaje. El atajo, de dos metros de ancho, formaba dos recodos en ángulo recto. Veinte casas, que daban al muelle o a la plaza, tenían una salida al callejón. Además, estaban los cobertizos, los almacenes de un comerciante de cordelería y artículos para barcos, un depósito de latas de conserva, todo un batiburrillo de construcciones irregulares, de rincones y recodos, de tejados fácilmente accesibles, que hacían poco menos que imposible una persecución.

La muchedumbre, mientras tanto, se mantenía a distancia. La mujer a la que habían derribado estaba roja de indignación y blandía el puño en todas direcciones, mientras las lágrimas temblaban en su barbilla.

El fotógrafo salió del hotel con un chaquetón echado sobre el pijama y descalzo.

Media hora más tarde llegaba el alcalde y poco después el teniente de la gendarmería, cuyos hombres se disponían a hacer un registro por las casas vecinas.

Al encontrar a Maigret sentado a una mesa del café en compañía del joven agente y ocupado en comerse unas tostadas, el primer magistrado de la ciudad tembló de indignación.

—Le advertí, comisario, de que le haría responsable de... de... Pero no parece afectarle... Enviaré inmediatamente un telegrama al ministro del Interior para ponerlo al corriente... de... y pedirle... ¿Ha visto siquiera lo que ocurre fuera...? La gente huye de su casa... Un viejo impedido gime de espanto porque está inmovilizado en un segundo piso... En todos sitios creen ver a ese malhechor...

Maigret se volvió y se percató de que Ernest Michoux, como un niño miedoso, procuraba estar lo más cerca de él sin hacer más ruido que un fantasma.

—Como verá, ha sido la policía local, es decir, simples agentes de policía, los que lo han detenido, mientras que...

—¿Sigue usted queriendo que detenga a alguien...?

—¿Qué quiere decir...? ¿Pretende detenerlo...?

—Usted me pidió ayer que detuviera a alguien, fuera quien fuese...

Los periodistas estaban fuera, ayudando a los gendarmes en sus pesquisas. El café se hallaba casi vacío, en desorden, pues aún no habían tenido tiempo de limpiarlo todo. Un olor acre de tabaco requemado se aferraba a la garganta. Se caminaba sobre una alfombra de colillas de cigarrillos, de salivazos, de serrín y de vasos rotos.

El comisario, mientras tanto, sacó de su cartera una orden de arresto en blanco.

—Diga una palabra, señor alcalde, y yo...

—¡Me gustaría saber a quién detendría...!

—¡Emma...! Una pluma y tinta, por favor...

Daba pequeñas chupadas. Oyó al alcalde que mascullaba con la intención de que se oyera:

—¡Menudo farol...!

Pero el comisario no se turbó por ello, y escribió con grandes letras, según su costumbre: «... el designado Ernest Michoux, administrador de la Sociedad Inmobiliaria de Sables Blancs...».

Resultó más cómico que trágico. El alcalde leía al revés; Maigret le dijo:

—¡Ya está! Puesto que se empeña usted, arrestaré al médico...

Este los miraba a los dos, esbozando una sonrisa forzada, como alguien que no sabe cómo reaccionar ante una broma. Pero era a Emma a la que observaba el comisario; Emma, que iba hacia la caja y que se volvió de pronto, más pálida que de costumbre, sin poder contener un estremecimiento de alegría.

—Supongo que se dará cuenta, comisario, de la gravedad de...

—Es mi oficio, señor alcalde.

—Lo único que se le ocurre, después de lo que acaba de pasar, es detener a uno de mis amigos... más bien un compañero... en fin, una de las personas más insignes de Concarneau, un hombre que...

—¿Disponen aquí de una prisión cómoda...?

Michoux, durante ese tiempo, solo parecía preocupado por la dificultad de tragar saliva.

—Aparte del puesto de policía, en el ayuntamiento, solo está la gendarmería, en la parte antigua de la ciudad...

El inspector Leroy acababa de entrar. Se quedó sin aliento cuando Maigret, con el tono más natural del mundo, le dijo:

—¡Escúcheme, amigo! Haga el favor de conducir al médico a la gendarmería... ¡Discretamente...! Es inútil ponerle las esposas... Lo meterá en una celda y cuidará de que no le falte de nada...

—¡Esto es una verdadera locura...! —balbució el médico—. No entiendo nada... Yo... ¡Es inaudito...! ¡Es infame...!

—¡Diablos! —refunfuñó Maigret. Y volviéndose hacia el alcalde, añadió—: No me opongo a que se continúe con la búsqueda de su vagabundo... Eso le gustará a la población. ¡Incluso puede ser útil...! Pero ¡no dé demasiada importancia a su captura...! Tranquilice a la gente...

—¿Sabe usted que, cuando se le detuvo esta mañana, le encontraron encima una navaja de muelles...?

—No es tan extraño...

Maigret comenzaba a impacientarse. En pie, se puso su pesado abrigo de cuello de terciopelo y a cepillar con la manga su bombín.

—Hasta pronto, señor alcalde... Lo tendré al corriente... Y un último consejo: que no cuenten demasiadas historias a los periodistas... En el fondo, no es necesario armar tanto alboroto por un asunto como este... ¿Vamos...?

Estas últimas palabras iban dirigidas al joven agente, que

miraba al alcalde como diciéndole: «Perdóneme... Pero no tengo más remedio que seguirle...».

El inspector Leroy daba vueltas alrededor del médico, como un hombre que no sabe qué hacer con un bulto molesto.

Vieron cómo, al pasar Maigret junto a Emma, este le propinaba unas palmaditas en las mejillas y después cómo atravesaba la plaza sin dar importancia a la curiosidad de la gente.

—¿Es por aquí...?

—Sí... Hay que dar la vuelta a la dársena... Nos llevará una media hora...

Los pescadores estaban menos alterados que la población con la tragedia que se desarrollaba en torno al café de l'Amiral, y una decena de barcos, aprovechando la relativa calma, se dirigía a remo hacia la salida del puerto, desde donde seguirían a vela.

El agente de policía iba lanzando a Maigret miradas de colegial que desea complacer a su profesor.

—Es normal... El señor alcalde y el médico jugaban a las cartas juntos, por lo menos dos veces por semana... Esto ha debido de ser un duro golpe para él...

—¿Qué dice la gente de la zona...?

—Depende de qué gente... Los pobres, los obreros, los pescadores no se preocupan demasiado por lo ocurrido... Se diría que casi se alegran. Porque el médico, el señor Le Pommeret y el señor Servières no tenían muy buena reputación... Son personas ilustres, evidentemente... Nadie se atrevería a negarlo... Lo que no impide que abusaran un poco, cuando seducían a todas las muchachas de las fábricas... En verano, con sus amigos de París, aún era peor... Estaban siempre bebiendo, armando jaleo por las calles a las dos de la madrugada, como si la ciudad les perteneciera... A menudo hemos recibido denuncias sobre su comportamiento... Sobre todo respecto al señor Le Pommeret, que no podía ver una falda sin excitarse... Es triste decirlo... Pero en las fábricas apenas trabaja nadie... Hay paro... Entonces por dinero... todas esas chicas...

—En ese caso, ¿quiénes son los que están preocupados...?

—¡Los otros...! ¡Los burgueses...! Y los comerciantes, que se acercan al grupo del café de l'Amiral... Es como el centro de la ciudad... Incluso el alcalde iba por allí...

El agente estaba orgulloso de la atención que le prestaba Maigret.

—¿Dónde estamos?

—Acabamos de salir de la ciudad... A partir de aquí la costa está casi desierta... Solo hay rocas, bosques de abetos, algunos chalets que ocupan en verano gente de París... Eso es lo que nosotros llamamos la punta del Cabélou...

—¿Cómo se le ocurrió la idea de investigar por aquí...?

—Cuando usted nos dijo, a mi compañero y a mí, que buscáramos a un vagabundo que podría ser el dueño del perro canelo, registramos los viejos barcos del fondo del puerto... De vez en cuando se encuentra a algún vagabundo... El año pasado se quemó un balandro, porque un merodeador se olvidó de apagar el fuego que había encendido para calentarse...

—¿No se encontró nada...?

—Nada... Fue mi compañero el que se acordó del antiguo puesto de vigilancia del Cabélou... Llegamos allí... ¿Ve aquella construcción cuadrada, de sillería, en el extremo más avanzado de la roca...? Data de la misma época que las fortificaciones de la antigua ciudad... Venga por aquí... Tenga cuidado con la basura... Hace mucho tiempo vivía aquí una especie de vigilante, cuya misión era la de indicar el paso de los barcos... Se ve hasta muy lejos... Se domina el paso de Glénan, el único que da acceso a la rada... Pero hace por lo menos cincuenta años que no se utiliza...

Maigret franqueó un paso cuya puerta había desaparecido y entró en una habitación con suelo de tierra apisonada... A lo ancho, estrechas troneras tenían vistas sobre el mar... Al otro lado, una sola ventana, sin cristales ni montantes...

En el muro de piedra, inscripciones hechas a punta de navaja. En el suelo, papeles sucios, desperdicios de todas clases.

—¡Ya ve...! Durante cerca de quince años, un hombre ha vivido aquí solo... Un retrasado mental... Una especie de salvaje... Se acostaba en ese rincón, indiferente al frío, a la humedad, a las tempestades, que introducía el mar por las troneras... Era una especie de curiosidad de la localidad... Los parisienses venían a verlo en verano y le daban algunas monedas... Un comerciante de tarjetas postales tuvo la idea de fotografiarlo y vender sus retratos en la entrada... El hombre murió durante la guerra... Nadie se ha cuidado de limpiar el lugar... Ayer pensé que, si alguien se escondía en la región, podría ser aquí...

Maigret se metió por una escalera estrecha, de piedra labrada, del mismo espesor que el muro, y llegó a una garita, o más bien a una torre de granito, abierta a los cuatro lados, que permitía admirar toda la región.

—Este era el puesto de guardia... Antes de que se inventaran los faros, se encendía un fuego en la terraza... Bueno, pues esta mañana a primera hora vinimos aquí mi compañero y yo... Avanzábamos de puntillas... Abajo, en el mismo sitio en que dormía antes ese loco, vimos a un hombre que roncaba... ¡Un coloso...! Se oía su respiración a quince metros... Y conseguimos ponerle las esposas antes de que se despertara...

Bajaron a la habitación cuadrada, donde hacía un frío glacial debido a las corrientes de aire.

—¿Se resistió...?

—¡En absoluto...! Mi compañero le pidió los papeles y no contestó... Tendría que haberlo visto... Él solo era más fuerte que nosotros dos... Por eso, no solté la culata del revólver... ¡Qué manos...! Las de usted son grandes, ¿verdad...? Pues bien: intente imaginarse unas manos dos veces más grandes con tatuajes...

—¿Vio lo que representaban?

—Solo vi un ancla, en la mano izquierda, y las letras «SS» en los dos lados... Pero tenía dibujos complicados... ¿Quizás una serpiente...? No hemos tocado lo que había por el suelo... ¡Mire...!

Allí había de todo: botellas de vino de marca, de licores caros, latas de conservas vacías y una veintena de latas intactas.

Pero había algo mejor: las cenizas de un fuego que había sido encendido en medio de la habitación y, al lado, un hueso de pierna de cordero, pelado. Mendrugos de pan. Algunas espinas de pescado. Una concha de peregrino y pinzas de bogavantes.

—Menudo banquetazo, ¿eh...? —se extasió el agente,

que no debía de haber asistido nunca a un festín semejante—. Esto explica las denuncias presentadas estos últimos días... No les dimos importancia, porque se trataba de cosas menores... Un pan de seis libras, robado al panadero... Una cesta de pescadillas que desapareció de una barca de pesca... El gerente del almacén Prunier, que pretendía que le robaban los bogavantes por la noche...

Maigret se había puesto a hacer un extraño cálculo mental, intentando establecer en cuántos días un hombre de buen apetito podría haber devorado todo lo que se había consumido allí...

—Una semana... —murmuró—. Sí... Incluida la pierna de cordero... —De pronto preguntó—: ¿Y el perro...?

—¡Exacto! No hemos vuelto a verlo... Hay numerosas señales de sus patas en el suelo, pero no hemos visto al animal... ¿Sabe? El alcalde debe de estar furioso por la detención del médico... Me extrañaría que no llamase a París, como dijo...

—¿Ese hombre estaba armado...?

—¡No! Yo mismo le registré los bolsillos, mientras que mi compañero Piedboeuf, que sujetaba las esposas, le apuntaba con la otra mano... En un bolsillo del pantalón tenía castañas asadas... Cuatro o cinco... Debían de ser del carrito ese que se pone delante del cine los sábados y domingos. También algunas monedas... Ni siquiera diez francos... Una navaja... Pero no una navaja grande... Una navaja como esas que tienen los marineros para cortar el pan...

—¿No dijo ni una palabra...?

—Ni una... Hasta el punto de que mi colega y yo pensamos si sufría algún retraso mental, como el antiguo inquilino... Nos miraba como si fuese un oso... Tenía barba de ocho días, dos dientes rotos, en el centro de la boca...

—¿La ropa...?

—No podría decírselo... Una chaqueta vieja... Ya no recuerdo si debajo llevaba una camisa o un jersey... Nos siguió dócilmente... Estábamos orgullosos de nuestra detención... Habría podido escaparse diez veces antes de llegar a la ciudad... Por eso, íbamos tan confiados, cuando, de una sacudida, rompió las cadenas de las esposas... Creí que me habían arrancado la muñeca derecha... Todavía tengo la señal... A propósito del doctor Michoux...

—¿Qué...?

—Ya sabe que su madre tiene que volver hoy o mañana... Es viuda de un diputado... Se dice que tiene mucha influencia... Es amiga de la mujer del alcalde...

Maigret miraba el océano gris a través de las aspilleras. Pequeños barcos de vela se deslizaban entre la punta del Cabélou y una escollera, que la resaca dejaba adivinar, virando de bordo y yendo a echar sus redes a menos de una milla.

—¿Cree usted realmente que ha sido el médico el que...?

—¡Vámonos! —dijo el comisario.

Estaba subiendo la marea. Cuando salieron, el agua empezaba a lamer la plataforma. Un chico, a cien metros de ellos, saltaba de roca en roca, buscando las nasas que había colocado en los agujeros. El joven agente no podía estarse callado.

—Lo que resulta más sorprendente es que hayan atacado al señor Mostaguen, que es el hombre más bueno de Concarneau... Hasta el punto de que querían nombrarlo consejero general... Parece ser que se ha salvado, pero no han podido extraer la bala... ¡Así que llevará toda la vida un trozo de plomo en la barriga...! Cuando uno piensa que si no se le hubiese ocurrido encender un cigarro...

No dieron la vuelta por las dársenas, sino que atravesaron una parte del puerto en el pontón que servía de pasadizo hasta la ciudad vieja. A poca distancia del lugar, donde la víspera los muchachos arrojaban piedras al perro canelo, Maigret vio un muro, una puerta monumental coronada con una bandera y las palabras: GENDARMERÍA NACIONAL.

Atravesó el patio de un inmueble que databa de la época de Colbert. En un despacho, el inspector Leroy discutía con un sargento.

—¿El médico...? —preguntó Maigret.

—¡Exactamente! El sargento se niega a que traigan la comida de fuera...

—¡O, al menos, que sea responsabilidad de usted! —dijo el sargento a Maigret—. Y me tendrá que dar una nota que me sirva de descargo...

El patio estaba tranquilo como un claustro. Una fuente corría con un adorable gluglú.

—¿Dónde está...?

—Abajo, a la derecha... Empuje la puerta. Es la segunda del pasillo... ¿Quiere que vaya a abrirle...? El alcalde ha llamado para pedir que se trate al preso con la mayor consideración...

Maigret se rascó la barbilla. El inspector Leroy y el agente de policía, que eran casi de la misma edad, lo observaban con la misma mirada curiosa y tímida.

Unos momentos más tarde, el comisario entraba solo en una celda de paredes blanqueadas con cal, que no era más triste que cualquier habitación de cuartel.

Michoux, sentado ante una mesita de madera blanca, se levantó al verlo entrar, dudó un instante y, sin mirarlo directamente, le dijo:

—Supongo, comisario, que la única razón de esta comedia ha sido para evitar una nueva tragedia, protegiéndome... de... de los golpes de...

Maigret observó que no le habían quitado los tirantes, ni el pañuelo, ni los cordones, como ordena el reglamento. Con la punta del pie acercó una silla, se sentó, llenó la pipa y murmuró en un tono pausado:

—¡Diablos...! Pero siéntese, doctor...

6

Un cobarde

—¿Es usted supersticioso, comisario?

Maigret, a horcajadas en la silla, con los codos en el respaldo, esbozó una mueca que podía significar cualquier cosa. El médico no se había sentado.

—Yo creo que, en el fondo —añadió el médico—, todos lo somos en un momento dado, o, si lo prefiere, en el momento en que somos señalados... —Tosió en el pañuelo, mirándolo con expresión de inquietud, y prosiguió—: Hace ocho días yo le habría dicho que no creía en los oráculos... ¡Y sin embargo...! Hará quizás cinco años de esto... Estábamos algunos amigos cenando en casa de una actriz de París... Al tomar el café, alguien propuso que echáramos las cartas... Pues bien, ¿sabe lo que me anunciaron...? ¡Ya puede suponer usted lo que me reí...! Me reí, sobre todo, porque aquello no era lo que se espera oír habitualmente: una mujer rubia, un señor de edad que le desea el bien, una carta que llega de lejos, etcétera...

»A mí me dijeron: "Tendrá una muerte desagradable. Una muerte violenta. Desconfíe de los perros canelos...".

Ernest Michoux no había mirado todavía al comisario,

al que lanzó una breve ojeada. Maigret permanecía tranquilo; se le veía tan enorme en aquella silla tan pequeña que parecía la personificación de la placidez.

—¿No le asombra esto...? Durante muchos años no oí hablar de ningún perro canelo... El viernes se produce una tragedia... La víctima es uno de mis amigos... Yo, al igual que él, podría haberme refugiado en aquel umbral y ser alcanzado por la bala... ¡Y aparece un perro canelo...!

»Otro amigo desaparece en circunstancias sorprendentes... ¡Y el perro canelo sigue rondando por ahí...!

»Ayer le tocó el turno a Le Pommeret.... ¡Y de nuevo el perro canelo...! ¿Y quiere que no eso no me afecte...?

Nunca había hablado tanto de una vez; y a medida que hablaba iba cobrando confianza. Por todo estímulo, el comisario susurró:

—Claro... Claro...

—¿Acaso no es desconcertante...? Me doy cuenta de que debo parecerle un cobarde.... ¡Pues sí! He pasado miedo... Un miedo indefinido que se ha apoderado de mí desde que ocurrió la primera tragedia, y sobre todo cuando apareció el perro canelo...

Paseaba por la celda, con pasitos cortos, mirando al suelo. Se le animó la mirada.

—Estuve a punto de pedirle protección, pero temí que se riera de mí... incluso ahora, temo que me desprecie... Los hombres fuertes desprecian a los cobardes... —Su voz se volvió aguda—. Y lo confieso, comisario: ¡soy un cobarde...! Hace cuatro días que tengo miedo, cuatro días que sufro por el miedo... ¡No es culpa mía...! He estudiado suficiente medicina para conocer mi estado de salud...

»Cuando nací, permanecí un tiempo en una incubadora... Durante mi infancia, he coleccionado todas las enfermedades infantiles...

»Y, cuando estalló la guerra, los médicos que examinaban a quinientos hombres por día me declararon útil para el servicio y me enviaron al frente... Pues bien, no solamente sufría de debilidad pulmonar con cicatrices de antiguas lesiones, sino que dos años antes me habían quitado un riñón...

»¡Tuve miedo...! ¡Miedo de volverme loco...! Las enfermeras me hicieron saber más tarde que había estado enterrado en un agujero por la explosión de un obús... Y por fin, se dieron cuenta de que no era apto para el servicio armado...

»Esto que le cuento tal vez no le resulte agradable... Pero lo he observado... Y tengo la impresión de que es capaz de comprenderme...

»Es frecuente que los fuertes desprecien a los cobardes... Pero deberían molestarse en conocer las causas profundas de tal cobardía...

»¡Mire...! Enseguida me di cuenta de que le disgustaba nuestro grupo del café de l'Amiral... Le dijeron que yo me ocupaba de la venta de terrenos... Hijo de un antiguo diputado... Doctor en Medicina... Y esas noches alrededor de la mesa del café, con otros fracasados...

»Pero ¿qué podría haber hecho...? Mis padres gastaban mucho dinero, aunque no eran ricos... Esto no es raro en París... Fui educado en el lujo. Las grandes ciudades termales... Después, mi padre murió y mi madre empezó a jugar a la Bolsa, a intrigar, siempre como una gran dama, igual que antes, siempre tan orgullosa, pero hostigada por los acreedores...

»¡La he ayudado...! ¡Era lo único que podía hacer...! Esas parcelas... Nada de gran lujo... Y esta vida de aquí... Personas insignes... Pero tan poco real...

»Hace tres días que me observa usted y que tengo ganas de hablarle sinceramente... Estuve casado... Mi mujer pidió el divorcio porque quería un hombre al que animaran mayores ambiciones...

»Con un solo riñón... Tres o cuatro días por semana, arrastrándome enfermo, fatigado, de mi cama a un sillón...

Se sentó, cansado.

—Emma ya le habrá dicho que he sido su amante... Algo estúpido, ¿verdad...? Porque a veces uno necesita a una mujer... Uno no le explica estas cosas a todo el mundo...

»En el café de l'Amiral habría acabado por volverme loco... El perro canelo... Servières desaparecido... Las manchas de sangre en su coche... Y, sobre todo, esa muerte innoble de Le Pommeret...

»¿Por qué a él...? ¿Por qué no a mí...? Estuvimos juntos por lo menos dos horas en la misma mesa, ante los mismos vasos... Por mi parte, yo estaba seguro de que si salía de mi casa me tocaría a mí... Luego me di cuenta de que se estrechaba el cerco y de que, incluso en el hotel, aunque me encerrase en mi habitación, el peligro seguía estando allí... Me dio una enorme alegría cuando le vi firmar mi orden de detención... No obstante...

Miraba los muros a su alrededor, la ventana con sus tres barrotes de hierro, que daba al patio.

—Tendré que cambiar la litera de sitio y ponerla en ese rincón... ¿Cómo pudieron hablarme de un perro canelo hace cinco años, cuando sin duda ese perro todavía no había nacido...? ¡Tengo miedo, comisario...! ¡Se lo confieso, le repito que tengo miedo...! ¡Me importa un comino lo que diga la gente cuando sepa que estoy en la cárcel...! ¡Lo que no quiero es morir...! Y hay alguien que me espía, alguien que no conozco, que ya ha matado a Le Pommeret, que seguramente ha matado a Goyard, que disparó sobre Mostaguen... ¿Por qué...? ¡Dígamelo...! ¿Por qué...? Seguramente, un loco... ¡Y todavía no han podido darle caza...! ¡Sigue libre...! Tal vez esté rondando a nuestro alrededor... Sabe que estoy aquí... Vendrá, con su espantoso perro que mira como un hombre...

Maigret se levantó lentamente, y golpeó la pipa contra el tacón. El médico repetía con voz lastimosa:

—Sé que le parezco un cobarde... ¡Mire! Estoy seguro de que esta noche sufriré como un condenado, a causa de mi riñón...

Maigret estaba allí plantado como la antítesis del preso, de la agitación, de la fiebre, de la enfermedad; la antítesis de aquel pánico malsano y repugnante.

—¿Quiere que le envíe un médico...?

—¡No...! Si supiera que alguien tiene que venir aquí, tendría más miedo todavía... Estaría esperando que fuera él quien apareciera, el hombre del perro, el loco, el asesino...

Unos instantes más y le castañetearían los dientes.

—¿Piensa detenerle, o matarlo como un animal rabioso...? ¡Porque está rabioso...! No se mata así como así, sin razón...

Tres minutos más y le daría un ataque de nervios. Maigret prefirió salir, mientras el detenido lo seguía con la mirada, la cabeza hundida entre los hombros, los párpados enrojecidos.

—¿Lo ha entendido bien, sargento...? Que nadie entre en esa celda, salvo usted, quien incluso le servirá la comida y todo lo que pida... Y no deje a su alcance nada que pueda usar para matarse... Quítele los cordones, la corbata... Que vigilen el patio noche y día... ¡Y tengan consideración con él...! Mucha consideración...

—¡Un hombre tan distinguido! —dijo el sargento—. ¿Cree usted que es él...?

—¿La próxima víctima? ¡Sí...! ¡Usted responde ante mí de su vida...!

Y Maigret se alejó a lo largo de la estrecha calle, chapoteando en los charcos... Toda la ciudad lo conocía ya. Los visillos se movían a su paso. Los chiquillos dejaban de jugar para mirarlo, con un temor respetuoso.

Estaba atravesando el puente levadizo que une la antigua ciudad con la nueva, cuando se encontró con el inspector Leroy, que lo estaba buscando.

—¿Hay novedades...? ¿Han atrapado a mi oso, al menos?

—¿Qué oso...?

—El hombre de los pies grandes...

—¡No! El alcalde ha dado orden de abandonar la búsqueda, que alborotaba a la población. Ha dejado algunos gendarmes de guardia en los lugares estratégicos... Pero no era de eso de lo que quería hablarle... Es acerca del periodista Goyard, llamado Jean Servières... Un viajante de comercio que lo conoce y que acaba de llegar afirma que se encontró con él ayer en Brest... Goyard fingió no verle y volvió la cabeza...

El inspector se asombró de la calma con que Maigret recibía la noticia.

—El alcalde está convencido de que el comerciante se ha equivocado... Hombres pequeños y gordos hay muchos en todas partes... ¿Y sabe lo que le he oído decir al adjunto, a media voz, con la intención de que yo le oyera...? Literalmente: «Ya verá cómo el comisario se lanza sobre esta pista falsa, se va a Brest y nos deja aquí al verdadero asesino...».

Maigret dio unos veinte pasos en silencio. En la plaza estaban desmontando los puestos del mercado.

—Estuve a punto de contestarle que...

—¿Que qué...?

Leroy se sonrojó y volvió la cabeza.

—Pues, hombre, no sé... Yo también tenía la impresión de que no da usted mucha importancia a la captura del vagabundo...

—¿Cómo está Mostaguen...?

—Mejor... No se explica la agresión que sufrió... Ha pedido perdón a su mujer... ¡Perdón por haber estado hasta tan tarde en el café...! ¡Perdón por estar medio borracho...! Ha jurado, llorando, que jamás volverá a probar una gota de alcohol...

Maigret se había detenido frente al puerto, a cincuenta metros del Hotel de l'Amiral. Los barcos volvían, dejando caer la vela oscura, rodeando el muelle, entrando lentamente a remo. El reflujo descubría, al pie de las murallas de la ciudad vieja, bancos de cieno, llenos de viejas cacerolas y de detritos.

El sol se adivinaba tras la bóveda uniforme de nubes.

—¿Cuál es su impresión, Leroy...?

El inspector se turbó aún más.

—No lo sé... Me parece que si cogiéramos a ese hombre... Dese cuenta de que el perro ha desaparecido una vez más... ¿Qué querría hacer en la residencia del médico...? Seguramente tendría allí venenos... Deduzco de ello...

—¡Sí, muy bien...! Solo que yo nunca deduzco...

—Me gustaría al menos ver de cerca al vagabundo... Las huellas demuestran que se trata de un coloso...

—¡Exactamente!

—¿Qué quiere usted decir...?

—¡Nada...!

Maigret no se movió, parecía satisfecho de contemplar el panorama del pequeño puerto: la punta del Cabélou, a la izquierda, con su bosque de abetos y sus salientes rocosos, la baliza roja y negra, las boyas de color escarlata señalando el paso hasta las islas Glénan, que la bruma impedía ver bien.

El inspector tenía aún muchas cosas que decir.

—He telefoneado a París a fin de recibir información sobre Goyard, que ha vivido allí mucho tiempo...

Maigret lo miró con ironía afectuosa, y Leroy, muy molesto, recitó rápidamente:

—Los informes son muy buenos o muy malos... He tenido al otro lado de la línea a un antiguo agente de la brigada antidroga, que lo conoció personalmente... Parece que estuvo relacionado mucho tiempo con el mundo del periodismo... Primero, fue redactor de sucesos... Luego, secretario general de un pequeño teatro... Después, director de un cabaret en Montmartre... Dos fracasos... Redactor jefe, durante dos años, de un periódico de provincias, en Nevers, creo... Por último, estuvo al frente de una sala de fiestas.

«Uno que sabe apañárselas...». Tales términos ha empleado el sargento. Y luego ha añadido: «Un buen bribón; cuando se dio cuenta de que así solo conseguiría gastarse los cuatro cuartos que tenía y crearse problemas, prefirió volver a su ciudad...».

—¿Entonces...?

—Entonces, me he preguntado por qué ha fingido esa agresión... Luego he vuelto a registrar su coche... Hay manchas de sangre, son reales... Y, si ha sufrido un ataque, ¿por qué no dar señales de vida, puesto que ahora se pasea por Brest...?

—¡Muy bien...!

El inspector miró vivamente al comisario, para saber si se estaba riendo de él. Pero ¡no! Maigret estaba serio, con la mirada fija en un rayo de sol que se veía a lo lejos, en el mar.

—Respecto a Le Pommeret...

—¿Tiene nuevos datos...?

—Su hermano ha venido al hotel para hablar con usted... Pero no ha podido esperarlo... Me ha dicho lo peor que se puede decir de un muerto... Desde luego, según él, era un holgazán... Con dos pasiones: las mujeres y la caza... Y luego esa propensión a contraer deudas y a vivir como un gran señor... Un detalle entre cien. El hermano, que es uno de los más importantes industriales de los alrededores, me dijo: «Yo me contento con vestirme en Brest. No es lujosa, pero es una tela fuerte, confortable... Yves iba a París a encargarse los trajes... ¡Y quería zapatos hechos por un buen zapatero...! Ni mi mujer lleva zapatos hechos a medida...».

—¡De risa...! —dijo Maigret, provocando el asombro de su compañero, o más bien, su indignación.

—¿Por qué?

—¡Magnífico, si lo prefiere! ¡Según su expresión de hace un momento, nos hemos metido de lleno en la vida provinciana! ¡Saber si Le Pommeret llevaba calzado hecho a medida o no...! No parece tener importancia, ¿verdad...? Pues bien, créame, ahí está el quid de esta tragedia... ¡Vamos a tomar el aperitivo, Leroy...! Como lo tomaban esta gente todos los días... ¡En el café de l'Amiral...!

El inspector observó una vez más a su jefe, preguntándose si no estaría tomándole el pelo. Había esperado que lo felicitase por su actividad de la mañana y por sus iniciativas.

Y Maigret parecía hacer broma de todo.

Se oyeron los mismos murmullos que en un aula escolar cuando de pronto entra el profesor y todos los alumnos están hablando. Cesaron las conversaciones. Los periodistas se precipitaron hacia el comisario.

—¿Ya podemos publicar la detención del médico? ¿Ha confesado...?

—¡Nada de eso...! —Maigret los rechazó con un gesto y le dijo a Emma—: Dos pernods, pequeña...

—Pero, bueno, si ha detenido al señor Michoux...

—¿Quieren saber la verdad...?

Tenían sus libretas de notas en las manos. Esperaban con la pluma dispuesta.

—Pues bien, todavía no hay ninguna pista... Tal vez la encontremos algún día... Tal vez no...

—Parece ser que Jean Goyard...

—... está vivo. ¡Mejor para él!

—Lo que no impide que haya un hombre que se oculta y al que se trata de dar caza en vano.

—¡Lo que prueba la inferioridad del cazador sobre la pieza...!

Maigret, cogiendo de una mano a Emma, le dijo en un tono suave:

—Haz que me sirvan la comida en mi habitación...

Apuró su aperitivo de un trago y se levantó.

—Un buen consejo, señores. ¡Nada de conclusiones prematuras! Y, sobre todo, nada de deducciones.

—Pero ¿y el culpable...?

Encogió sus anchos hombros, y dijo:

—¿Quién lo sabe...?

Estaba ya al pie de la escalera. El inspector Leroy le lanzó una mirada interrogante.

—No, no, muchacho... Coma aquí, en hotel... Necesito descansar...

Se le oyó subir los escalones con sus pesados pasos. Diez minutos más tarde, Emma subió, a su vez, con una bandeja de entrantes.

Luego se la vio llevar una vieira, asado de ternera y espinacas.

En el comedor la conversación languidecía. Llamaron por teléfono a uno de los periodistas, quien dijo:

—¡Hacia las cuatro, sí...! Espero entregarles un artículo sensacional... ¡Todavía no...! Hay que esperar...

Sentado solo a una mesa, Leroy comía con los buenos modales de un muchacho bien educado, limpiándose a cada instante la boca con una punta de la servilleta.

La gente del mercado observaba la fachada del café de l'Amiral, esperando confusamente a que ocurriera alguna cosa.

Un gendarme estaba parado en la esquina de la callejuela por donde había desaparecido el vagabundo.

—¡El señor alcalde llama al comisario Maigret al teléfono!

Leroy se movió, ordenando a Emma:

—Vaya a avisarlo...

Pero la muchacha volvió, diciendo:

—No está allí...

El inspector subió los peldaños de la escalera de cuatro en cuatro. Cuando regresó se le veía pálido. Dijo por teléfono:

—¡Oiga...! Sí, señor alcalde... No lo sé... Yo... Estoy preocupado... El comisario no está aquí... ¡Oiga...! ¡No!, no sé qué decirle... Ha comido en su habitación... No le he visto bajar... Yo... Le llamaré luego...

Y Leroy, que no había dejado la servilleta, la usó para enjugarse la frente.

7

La pareja de la vela

El inspector no subió a su habitación hasta media hora después. Sobre la mesa se encontró una nota llena de caracteres torpes, en la que se leía:

> Suba esta noche, hacia las once, al tejado, sin que le vean. Me encontrará allí. Procure no hacer ruido. Vaya armado. Diga que me he ido a Brest, desde donde le he llamado. No salga del hotel.
>
> MAIGRET

Un poco antes de las once, Leroy se quitó los zapatos y se puso unas zapatillas de fieltro que había comprado por la tarde, en vista de aquella expedición, que no dejaba de impresionarle.

Después del segundo piso, ya no había escalera, sino una escalera fija en la pared, que conducía hasta una trampilla en el techo. Al otro lado había un desván, helado por las corrientes de aire, donde el inspector se arriesgó a encender una cerilla.

Unos instantes más tarde franqueaba la claraboya, pero

no se atrevió a descender inmediatamente por la cornisa. Todo estaba frío. Al contacto con las placas de cinc, los dedos se helaban. Y Leroy iba sin abrigo, para no entorpecer sus movimientos.

Cuando los ojos se le acostumbraron a la oscuridad, le pareció distinguir una masa oscura, agazapada, como un enorme animal al acecho. Reconoció el olor a pipa. Silbó suavemente.

Un instante después estaba agachado en la cornisa, al lado de Maigret. No se veía ni el mar, ni la ciudad. Se encontraban en la vertiente opuesta al muelle, al borde de una zanja negra que era la callejuela por donde se había escapado el vagabundo de pies enormes.

Todos los planos eran irregulares. Había techos muy bajos y otros con la altura de dos hombres. Había ventanas alumbradas por doquier. Algunas tenían cortinas, tras las cuales parecía que se representase una función de sombras chinescas. En una habitación, bastante alejada, una mujer bañaba a un bebé en una palangana esmaltada.

La masa del comisario se movió, o más bien se deslizó, hasta que su boca rozó la oreja de su compañero.

—¡Cuidado! Nada de movimientos bruscos. La cornisa no es muy sólida y, debajo de nosotros, hay una tubería de desagüe que poco necesita para desprenderse y provocar un gran estrépito... ¿Y los periodistas?

—Están abajo, salvo uno que lo busca por Brest, seguro de que está usted sobre la pista de Goyard....

—¿Emma...?

—No lo sé... No me he fijado en qué hacía... Me ha servido el café después de cenar.

Era desconcertante encontrarse así, sin que nadie lo supiese, encima de una casa llena de vida, de gente que se desplazaba en un ambiente acogedor, con luz, sin tener necesidad de hablar bajo.

—Bien... Vuélvase despacio hacia la casa en venta... ¡Muy despacio...!

Era la segunda casa a la derecha, una de las pocas que tenían la misma altura que el hotel. Se encontraba completamente a oscuras, a pesar de lo cual el inspector tuvo la impresión de que en un cristal sin visillo del segundo piso se reflejaba un resplandor.

Poco a poco, se dio cuenta de que no era un reflejo del exterior, sino una débil luz interior. A medida que fijaba la mirada en el mismo punto del espacio, advertía numerosos detalles.

Un piso encerado... Una vela medio gastada, cuya llama lucía recta, rodeada de un halo...

—¡Está allí! —dijo de pronto, elevando la voz sin querer.

—¡Chis...! Sí...

Alguien estaba tumbado en el suelo: la mitad de su cuerpo en la parte iluminada y la otra mitad sumida en la penumbra. Se veía un zapato enorme y un torso ancho ceñido con un jersey de marinero.

Leroy sabía que había un gendarme en la esquina de la calle, otro en la plaza y otro más que vigilaba el muelle yendo de un lado para otro.

—¿Piensa detenerlo...?

—No lo sé. Lleva durmiendo tres horas.

—¿Está armado...?

—Esta mañana no lo estaba...

Apenas se entendía lo que decían. Era un murmullo indistinto, que se mezclaba con el ruido de las respiraciones.

—¿Qué estamos esperando...?

—Lo ignoro... Me gustaría saber por qué, estando acorralado y durmiendo, ha encendido una vela... ¡Cuidado...!

Un cuadrado amarillo acababa de reflejarse en el muro.

—Han encendido la luz de la habitación de Emma, debajo de nosotros.... Es el reflejo...

—¿No ha cenado, comisario...?

—He traído pan y salchichón. ¿No tiene frío...?

Los dos estaban helados. En el cielo, y a intervalos regulares, se veía el haz luminoso del faro.

—Ya ha apagado...

—Sí... ¡Chis...!

Hubo cinco minutos de silencio, de pesada espera. Después la mano de Leroy buscó la del comisario y la apretó de manera significativa.

—Ahí abajo...

—Ya lo he visto...

Había una sombra en el muro blanqueado de cal que separaba el jardín de la casa vacía y la callejuela.

—Va a reunirse con él... —murmuró Leroy, que no podía permanecer callado.

Arriba el hombre seguía durmiendo, cerca de la vela. Un grosellero osciló en el jardín. Un gato salió huyendo a lo largo de un canalón.

—¿No tendrá un mechero de yesca?

Maigret no se atrevía a encender la pipa. Dudó largo rato. Y acabó por hacerse una pantalla con la chaqueta de su compañero y encendió rápidamente una cerilla. El inspector sintió de nuevo el cálido olor del tabaco.

—¡Mire...!

Ya no dijeron nada más. El hombre se había levantado con un movimiento tan rápido que estuvo a punto de tumbar la vela. Retrocedió hacia la sombra, mientras que la puerta se abría y aparecía Emma bajo la luz, indecisa, tan triste que daba la impresión de ser culpable de algo.

Llevaba algo bajo el brazo: una botella y un paquete que dejó en el suelo. El papel se entreabrió y vieron un pollo asado.

Ella hablaba. Sus labios se movían. Pronunció algunas palabras, con expresión humilde, triste. No se veía al hombre.

¿Acaso estaba llorando? Llevaba su vestido negro de camarera, con la cofia bretona. Se había quitado el delantal blanco, y su cuerpo se veía aún más encorvado que de costumbre.

¡Sí! Debía de estar llorando mientras hablaba... Solo pronunciaba palabras espaciadas. La prueba era que de pronto se apoyaba en el quicio de la puerta, tapándose la cara en un brazo doblado. La espalda se movía con una cadencia irregular.

El hombre se levantó, tapando casi por completo el hueco de la ventana, y se dirigió hacia el fondo de la habitación. Apoyó su manaza sobre el hombro de la muchacha, produciéndole tal sacudida que Emma dio una vuelta completa y estuvo a punto de caerse. Se veía su rostro pálido, de labios hinchados por el llanto.

Todo era tan impreciso, tan confuso como si se proyectase una película con las luces de la sala encendidas. Y faltaba otra cosa: los ruidos, las voces...

Siempre como en el cine: como en el cine mudo. Ahora era el hombre el que hablaba. Debía de hablar fuerte. Era un oso. Con la cabeza hundida entre los hombros, el torso ceñido por el jersey, el cabello cortado al cero, como el de un preso, las manos en las caderas, gritaba sus reproches, o sus injurias, o quizá sus amenazas.

Parecía dispuesto a golpearla. A tal punto que Leroy tocó de nuevo a Maigret, como si eso lo tranquilizase.

Emma seguía llorando. Su cofia estaba ahora ladeada. El moño se le había deshecho. Una ventana se cerró en alguna parte y los distrajo un segundo.

—Comisario... es que...

El olor del tabaco envolvía a los dos hombres y les daba como una ilusión de tibieza.

¿Por qué Emma juntaba las manos...? Estaba hablando de nuevo... Su rostro se veía deformado por una confusa expresión de espanto, de súplica, de dolor, y el inspector Leroy oyó cómo Maigret cargaba su revólver.

No había más de quince o veinte metros entre ellos. Un chasquido seco, un cristal que saldría volando y el gigante ya no podría hacer daño a nadie.

Ahora se paseaba a lo largo de la habitación, con las manos a la espalda; parecía más bajo, más ancho. Su pie rozó el pollo. Estuvo a punto de resbalarse y, furioso, le dio una patada que lo lanzó rodando hacia la oscuridad.

Emma miró hacia ese lado.

¿De qué hablarían aquellos dos? ¿Cuál sería la razón de aquel diálogo lastimoso?

¡Porque el hombre parecía repetir siempre las mismas palabras! Pero ¿no las repetía ya en un tono más suave...?

Ella cayó de rodillas, se arrojó a los pies de él y le tendió los brazos. Él fingió no verla, la esquivó, y Emma se quedó casi tumbada, implorando con un brazo levantado.

Se veía al hombre y de pronto desaparecía entre las sombras. Una de las veces se paró ante la muchacha suplicante, y la miró de arriba abajo.

Volvió a ir de un lado para otro, se acercó, se alejó de nuevo, y entonces ella se quedó sin fuerzas, o le faltó valor, para extender los brazos hacia él, para suplicarle. Se dejó caer al suelo cuan larga era. La botella de vino estaba a menos de veinte centímetros de su mano.

Sucedió algo inesperado. El vagabundo se agachó, o más bien bajó una de sus pesadas manazas, cogió el vestido de Emma por el hombro y de un solo movimiento la puso en pie. Todo ello tan brutalmente que ella se tambaleó cuando la soltó.

A pesar de ello, ¿acaso su cara no dejaba entrever una esperanza? Se le había soltado del todo el moño. La cofia blanca había rodado por el suelo.

El hombre seguía andando de un lado para otro. Evitó dos veces el contacto con su compañera desamparada.

A la tercera, la cogió en sus brazos, la aplastó contra él y le echó la cabeza hacia atrás. Y la besó con desesperación.

Solo se veía la espalda de él, una espalda inhumana, con una pequeña mano de mujer crispada sobre uno de los hombros del hombre.

Con sus enormes dedos, aquel bruto sentía la necesidad, mientras la besaba, de acariciar los cabellos sueltos, acariciarlos como si quisiese destruir a su compañera, aplastarla, o, mejor, fundirse en ella.

—¡Diablos...! —dijo el inspector, conmocionado.

Maigret se había sentido tan conmovido ante aquello que estuvo a punto, en consecuencia, de echarse a reír.

¿Hacía ya un cuarto de hora que Emma estaba allí? Habían dejado de abrazarse. La vela no duraría más de unos cinco minutos. En la atmósfera se notaba un alivio que casi podía palparse.

¿Acaso no se estaba riendo la camarera? Debía de haber encontrado por algún rincón un trozo de espejo. A plena luz se la veía recogerse el moño, fijarlo con una horquilla, buscar por el suelo otra que había perdido, sostenerla con los dientes mientras se ponía la cofia.

Se la veía casi hermosa. ¡Estaba hermosa! Todo resultaba conmovedor, incluso su pecho plano, su falda negra, sus párpados enrojecidos. El hombre había recogido el pollo. Y, sin perderla de vista, comía con apetito, haciendo crujir los huesos, arrancando trozos de carne.

Buscó una navaja en el bolsillo, y al no encontrarla rompió el cuello de la botella, golpeándola contra el tacón. Quería que Emma bebiese, pero esta se negaba, riendo. ¿Quizás el vidrio roto le diera miedo? Pero él la obligó a abrir la boca y le echó suavemente el líquido.

Ella se atragantó, tosió. Entonces él la cogió de los hombros, y volvió a besarla, pero no en los labios. La besaba alegremente, despacito, en las mejillas, en los ojos, en la frente e incluso en la cofia de puntilla.

Ella estaba lista para irse. Él echó un vistazo por la ventana, y una vez más llenó casi por completo el rectángulo luminoso. Se volvió para apagar la vela.

El inspector Leroy estaba tenso.

—Se van juntos...

—Sí...

—Los detendrán...

El grosellero del jardín se movió. Luego, una forma se izó por encima del muro. Emma se encontraba en la callejuela esperando a su amante.

—Síguelos de lejos... Sobre todo, que no te vean... Ya me darás noticias cuando puedas...

Igual que el vagabundo había hecho con su compañera, Maigret ayudó al inspector a izarse a lo largo de la pizarra, hasta el tragaluz. Luego se inclinó para mirar la callejuela, donde solo pudo ver las cabezas de las dos personas.

Dudaban. Cuchicheaban. Fue la camarera la que llevó al hombre hacia una especie de cochera, en la que desaparecieron, pues la puerta estaba solo cerrada con el pestillo.

Era el almacén del comerciante de cordelería. Comunicaba con el despacho, en el que a aquellas horas no había nadie. Les bastaba forzar la cerradura para acceder al muelle.

Pero Leroy llegaría allí antes que ellos.

Desde que bajó por la escala del granero, el comisario se dio cuenta de que pasaba algo raro. En el hotel se oía un rumor extraño. Abajo sonaba el teléfono entre una algarabía de voces.

También se oía la voz de Leroy, que debía de estar hablando por teléfono, pues elevaba considerablemente el tono.

Maigret bajó deprisa la escalera, llegó al piso de abajo y chocó con un periodista.

—¿Y bien...?

—Un nuevo crimen... Hace un cuarto de hora... En la ciudad... Han llevado al herido a la farmacia.

El comisario se precipitó al muelle y vio a un gendarme que corría con el revólver en la mano. Pocas veces había estado el cielo tan negro. Maigret se unió al hombre.

—¿Qué ha pasado...?

—Una pareja que acaba de salir del almacén... Yo estaba vigilando enfrente... El hombre casi se me cayó encima... Ya no vale la pena ir tras él... ¡Deben de estar ya muy lejos...!

—¡Explíquese!

—Oí ruido en la tienda, que estaba a oscuras... Vigilaba con el arma empuñada... Se abrió la puerta... Salió un tipo... No me dio tiempo ni de apuntarle... Me pegó un puñetazo tan fuerte en la cara que me tiró al suelo... Solté el revólver... Yo solo temía una cosa: que lo cogiese él... Pero ¡no...! Fue a buscar a una mujer que le esperaba en el umbral... Ella no podía correr... La cogió en brazos... Tardé algo en recuperarme, comisario... ¡Un puñetazo tan fuerte...! ¡Mire...! Estoy sangrando... Corrieron a lo largo del muelle... Han debido de rodear la dársena... Por allí hay un montón de callejuelas y, al final, está el campo...

El gendarme se taponaba las narices con el pañuelo.

—Casi podría haberme matado... Su puño es como un martillo...

Seguían oyéndose las voces que llegaban desde hotel, donde las luces estaban encendidas. Maigret dejó al gendarme, dobló la esquina, y vio la farmacia, que estaba cerrada, pero por cuya puerta se escapaba un haz luminoso.

Una veintena de personas se había congregado ante la puerta. El comisario las separó a codazos.

En la rebotica, un hombre tendido en el suelo soltaba gemidos a intervalos regulares, mirando fijamente el techo.

La mujer del farmacéutico, en camisón, armaba ella sola más alboroto que todos los allí reunidos.

El mismo farmacéutico, que se había puesto una chaqueta sobre el pijama, estaba trastornado, removiendo frascos, sacando enormes paquetes de algodón hidrófilo.

—¿Qué ha pasado? —preguntó Maigret.

No esperó la respuesta, pues había reconocido el uniforme del aduanero, al que le habían desgarrado una pernera del pantalón. Y ahora también reconoció el rostro.

Era el aduanero que el viernes anterior estaba de guardia en el puerto, y que había asistido de lejos a la tragedia de la que había sido víctima Mostaguen.

Llegó un médico apresuradamente, miró al herido, luego a Maigret, y gritó:

—¿Qué ha pasado ahora...?

Un poco de sangre goteaba en el suelo. El farmacéutico había lavado la pierna del aduanero con agua oxigenada, la cual había formado unos regueros de espuma rosada.

Fuera, un hombre estaba contando, quizá por décima vez, aunque con el mismo tono jadeante:

—Mi mujer y yo estábamos durmiendo cuando me despertó un ruido que parecía un disparo, y luego oí un grito...

¡Después, quizá durante unos cinco minutos, nada...! No pude volver a dormirme... Mi mujer quería que fuese a ver qué pasaba... Entonces oímos lamentos que parecían venir de la acera, junto a nuestra puerta... La abrí... Yo iba armado... Vi una sombra oscura... Reconocí el uniforme... Me puse a gritar para despertar a los vecinos, y el frutero, que tiene un coche, me ayudó a traer aquí al herido...

—¿A qué hora oyó el disparo...?

—Hace exactamente media hora...

¡Es decir, en el momento más conmovedor de la escena entre Emma y el hombre de las huellas!

—¿Dónde vive usted...?

—Soy el que hace las velas de los barcos... Usted ha pasado diez veces por delante de mi casa... A la derecha del puerto... Algo más allá del mercado de pescado... Mi casa hace esquina con el muelle y una callejuela... Luego, hay menos construcciones pero más chalets...

Cuatro hombres transportaron al herido a una habitación interior y lo tumbaron sobre un sofá. El médico daba órdenes. Fuera se oía la voz del alcalde, que preguntaba:

—¿Está aquí el comisario...?

Maigret fue hacia él con las manos en los bolsillos.

—Reconocerá, comisario...

Pero la mirada de su interlocutor era tan fría que el alcalde perdió un poco de su aplomo inicial.

—Es nuestro hombre el responsable de esto, ¿no?

—¡No!

—¿Cómo lo sabe usted...?

—Lo sé porque en el momento en que atentaron contra su vida lo estaba viendo casi tan bien como lo veo a usted ahora...

—¿Y no lo ha detenido?

—¡No!

—Me han hablado también de un gendarme agredido...

—Es exacto.

—¿Se da cuenta de la repercusión que estas tragedias pueden acarrear...? ¡En fin! Desde que está usted aquí...

Maigret descolgó el teléfono.

—Señorita, ¿me pone con la gendarmería...? Sí... Gracias... ¡Hola! ¿La gendarmería...? ¿Es usted el sargento...? ¡Hola! Aquí el comisario Maigret... Supongo que el doctor Michoux estará ahí, naturalmente... ¿Cómo dice...? Sí, haga el favor de asegurarse... ¿Cómo...? ¿Hay un hombre de guardia en el patio...? Muy bien... Espero...

—¿Cree usted que es el médico quien...?

—¡Nada de eso! ¡Yo nunca creo nada, señor alcalde...! ¡Diga...! Sí... ¿No se ha movido del sitio...? Gracias... ¿Que está durmiendo...? Muy bien.... ¡Diga...! ¡No! Nada de particular...

De la habitación del fondo llegaban lamentos, y una voz no tardó en llamar:

—Comisario...

Era el médico, que estaba secándose las manos, todavía llenas de jabón, con una toalla.

—Ya puede interrogarle... La bala solo le ha rozado la pantorrilla... Ha sido más el miedo que el daño sufrido... Desde luego, la hemorragia ha sido abundante...

El aduanero tenía lágrimas en los ojos. Se sonrojó cuando el médico prosiguió:

—Le aterroriza la idea de que debamos amputarle la pierna... Pero ¡dentro de ocho días estará como nuevo...!

El alcalde estaba en pie en el vano de la puerta.

—Cuénteme cómo ha sucedido —dijo en un tono suave Maigret, sentándose al borde del sofá—. No tenga miedo... Ya ha oído lo que ha dicho el médico.

—No lo sé...

—¡Inténtelo...!

—Hoy acababa mi servicio a las diez... Vivo un poco más allá del lugar en que me han disparado...

—¿Así que no fue directamente a su casa...?

—¡No! Vi que había todavía luz en el café de l'Amiral... Y quería saber cómo iban las cosas... ¡Le juro que me arde la pierna...!

—¡Que no, hombre, que no! —negó el médico.

—Pero le estoy diciendo que... ¡En fin..., si dice usted que no es nada...! Me bebí una cerveza en el café... Allí no había más que periodistas y no me atreví a preguntarles...

—¿Quién le sirvió la cerveza...?

—Una sirvienta, creo... No vi a Emma.

—¿Y después...?

—Decidí irme a casa... Pasé ante el cuerpo de guardia, donde encendí mi cigarrillo en la pipa de mi compañero... Luego seguí por los muelles... Giré a la derecha... No había nadie... El mar estaba bastante bonito... De pronto, apenas había pasado una esquina de la calle, cuando sentí un dolor en la pierna antes de oír una detonación... Era como si hubiera recibido un golpe con un adoquín en plena pantorrilla... Me caí... Quise levantarme... Alguien corría... Mi mano tocó un líquido caliente, y no sé cómo fue, pero me desmayé... Creí que me moría...

»Cuando volví en mí, el frutero de la esquina había abierto su puerta, pero no se atrevió a acercarse... Es todo lo que sé.

—¿No vio usted a la persona que le disparó...?

—No he visto nada... Esas cosas no ocurren como la gente cree. Mientras uno se cae... Y, sobre todo, cuando me vi la mano llena de sangre...

—¿Tiene usted algún enemigo...?

—¡No...! Hace solo dos años que vivo aquí... Soy del interior de la región... Y nunca he visto a contrabandistas...

—¿Vuelve a casa siempre por el mismo camino...?

—¡No...! Es el más largo... Pero no tenía cerillas, así que fui expresamente al cuerpo de guardia para encender el cigarrillo... Entonces, en vez de ir por la ciudad, seguí por los muelles...

—¿Es más corto por la ciudad...?

—Un poco...

—¿Lo bastante para que alguien que le hubiera visto salir del café y alejarse por los muelles hubiera tenido tiempo de prepararle una emboscada...?

—Seguramente... Pero ¿por qué...? Nunca llevo dinero encima... No intentaron robarme...

—¿Está usted seguro, comisario, de que durante toda la noche no dejó de ver ni por unos momentos a su vagabundo...?

Había algo mordaz en las palabras del alcalde. Leroy entró con un papel en la mano.

—Un telegrama que la estafeta acaba de comunicar por teléfono al hotel... Es de París...

Maigret leyó:

Dirección General de Seguridad a comisario Maigret. Concarneau.

Jean Goyard, llamado Servières, del que envió los datos personales, detenido este lunes tarde ocho horas, hotel Bellevue, calle Lepic, en París, en el momento en que se instalaba en la habitación 15. Ha confesado haber llegado de Brest en el tren de las seis. Declara ser inocente y pide ser interrogado en presencia abogado. Esperamos instrucciones.

8

¡Uno más!

—Convendrá usted, comisario, en que ya es hora de que tengamos usted y yo una conversación seria...

El alcalde había pronunciado estas palabras en un tono cortés pero distante, y el inspector Leroy aún no conocía lo suficiente a Maigret para interpretar sus emociones según la manera de echar el humo de su pipa. El comisario expulsó muy lentamente un hilito gris de sus labios entreabiertos, al tiempo que parpadeaba dos o tres veces. Luego, Maigret sacó su pequeño cuaderno del bolsillo, miró alrededor, al farmacéutico, al médico, a los curiosos.

—A sus órdenes, señor alcalde... He aquí...

—¿Le apetece tomar una taza de té en mi casa...? —se apresuró a interrumpir el alcalde—. Tengo el coche en la puerta... Esperaré a que haya dado las órdenes oportunas...

—¿Qué órdenes...?

—Pues... el asesino... el vagabundo... esa muchacha...

—¡Ah, sí! Pues bien: si la gendarmería no tiene nada mejor que hacer, que vigilen las estaciones de tren de los alrededores...

Puso una cara de lo más inocente.

—En cuanto a usted, Leroy, telegrafíe a París que nos envíen a Goyard, y luego váyase a dormir.

Subió al coche del alcalde, que conducía un chófer con librea negra. Un poco antes de Sables Blancs ya se veía la casa, construida sobre el acantilado, lo que le daba un aire de castillo feudal. Las ventanas estaban iluminadas.

Durante el trayecto, los dos hombres no intercambiaron más de dos frases.

—Permita que le indique el camino...

El alcalde entregó su pelliza al mayordomo.

—¿La señora está acostada?

—Espera al señor alcalde en la biblioteca...

En efecto, allí estaba. Tendría unos cuarenta años, pero parecía más joven al lado de su marido, quien contaba sesenta y cinco. Saludó con una inclinación de la cabeza al comisario.

—¿Qué ha pasado...?

Como hombre de mundo, el alcalde le besó la mano y la retuvo entre las suyas mientras le decía:

—¡Tranquilízate...! Un aduanero con una herida leve... Y espero que, después de la conversación que tendremos el comisario Maigret y yo, esta inadmisible pesadilla acabará de una vez por todas...

La señora salió con un frufrú de seda. La puerta revestida de una tela de terciopelo azul se cerró de nuevo. La biblioteca era espaciosa, con las paredes recubiertas de maderas nobles, el techo con vigas ostentosas, como en las mansiones inglesas.

Se veían libros con encuadernaciones lujosas, pero los más valiosos debían de estar en una librería cerrada que ocupaba todo un panel de la pared.

El conjunto era realmente suntuoso, de un gusto exquisito, y de un extremo confort. Aunque tenían calefacción central, en una enorme chimenea ardían troncos.

Aquello no se parecía en nada al falso lujo del chalet del médico. El alcalde eligió entre las cajas de cigarros y tendió una a Maigret.

—¡Gracias! Si me lo permite, fumaré mi pipa...

—Siéntese, por favor... ¿Tomará un whisky...?

Tocó un timbre y encendió un puro. El mayordomo apareció para servirles las bebidas. Maigret, quizás involuntariamente, tenía el aspecto torpe de un pequeño burgués que es recibido en una casa aristocrática. Sus rasgos parecían más duros; su mirada, perdida.

El alcalde esperó a que saliera el mayordomo.

—Debe comprender, comisario, que esta serie de crímenes debe terminar. Eso es... Veamos, lleva usted aquí cinco días... Y desde hace cinco días...

Maigret sacó de su bolsillo su pequeño cuaderno con tapas de hule.

—¿Me permite...? —le interrumpió—. Habla usted de una serie de crímenes... Pero todas las víctimas están vivas, salvo una... Una sola muerte: la del señor Le Pommeret... Respecto a lo ocurrido con el aduanero, convendrá conmigo en que, si alguien hubiera querido acabar con su vida, no le habría disparado en una pierna... Ya conoce usted el lugar donde le dispararon... El agresor estaba escondido.... Disponía de todo el tiempo del mundo... A menos que fuese la primera vez que usaba un revólver...

El alcalde lo miraba sorprendido y, cogiendo su copa, dijo:

—¿Así que piensa usted...?

—Que pretendía herirlo solo en la pierna... Al menos hasta que se demuestre lo contrario...

—¿También a Mostaguen pretendían herirlo en la pierna?

La ironía era evidente. Las aletas de la nariz del viejo temblaban. Habría querido mostrarse amable, tranquilo, puesto que estaba en su casa. Pero su voz sonaba desagradablemente aguda.

Maigret, con la expresión de un buen funcionario que da cuentas a su superior, continuó:

—Si no tiene inconveniente, vamos a considerar mis notas una a una... Le leo lo que escribí el viernes, siete de noviembre: «Disparan una bala a través del buzón de una casa deshabitada que alcanza al señor Mostaguen».

»Por lo pronto, usted mismo entenderá que nadie..., ni la misma víctima, podía saber que, en un momento dado, el señor Mostaguen se refugiaría en el quicio de la puerta para encender su cigarro... ¡Un poco menos de viento y no se habría producido ningún crimen...! A pesar de todo, había un hombre armado con un revólver tras la puerta... O se trataba de un loco, o esperaba a alguien que debía llegar... Ahora, recuerde la hora... Las once de la noche... Toda la ciudad duerme, excepto el pequeño grupo del café de l'Amiral...

»No he terminado. Consideramos a los posibles culpables. Los señores Le Pommeret y Jean Servières, al igual que Emma, están fuera de sospecha, porque se hallaban en el café.

»Quedan el doctor Michoux, que se marchó un cuarto de hora antes, y el vagabundo de las enormes huellas. Luego, un desconocido, al que llamaremos X. ¿Estamos de acuerdo?

»Añadamos, al margen, que el señor Mostaguen no ha muerto y que dentro de quince días estará en pie.

»Pasemos a la segunda tragedia: "Al día siguiente, sábado, estoy en el café con el inspector Leroy. Vamos a tomar el aperitivo con el señor Michoux, Le Pommeret y Jean Servières cuando el médico tiene una sospecha repentina al mirar los vasos. El análisis demuestra que la botella de pernod está envenenada".

»Posibles culpables: los señores Michoux, Le Pommeret y Servières, la camarera Emma, el vagabundo (que ha podido en el curso del día entrar en el café sin ser visto) y, por último, nuestro desconocido, a quien hemos designado con el nombre de X.

»Sigamos. "Domingo por la mañana. Jean Servières ha desaparecido. Se encuentra su coche, con manchas de sangre, cerca de su casa. Antes de ese descubrimiento, *Le Phare de Brest* recibió una información de los acontecimientos con el fin de sembrar el pánico en Concarneau. Ahora bien: Servières es visto primero en Brest y después en París, donde parece ocultarse y donde, indiscutiblemente, se encuentra muy a gusto".

»Un único culpable posible: Servières.

»"Ese mismo domingo, el señor Le Pommeret toma el aperitivo con el médico; vuelve a su casa, come y muere poco después, a consecuencia de un envenenamiento con estricnina".

»Posibles culpables: en el café, si fue allí donde lo envenenaron, el médico, Emma y, naturalmente, nuestro X.

»En este caso, desde luego, debemos descartar al vagabundo, pues la sala no estuvo vacía ni un solo instante y no echaron el veneno en la botella, sino en el vaso.

»Si se ha cometido el crimen en casa de Le Pommeret, posibles culpables: la dueña de la casa, el vagabundo y nuestro X sempiterno.

»No se impaciente... Estamos acabando... "Esa tarde, un aduanero recibe un balazo en la pierna cuando pasaba por una calle desierta... El médico no ha salido de prisión, donde se le vigila constantemente... Le Pommeret ha muerto... Servières está en París, en manos de la Dirección General de Seguridad... Emma y el vagabundo, a la misma hora, están ocupados, mientras los vigilo, en acariciarse y en devorar un pollo"...

»Luego hay un único posible culpable: X...

»Es decir, un individuo al que no hemos podido encontrar todavía en el transcurso de los acontecimientos... Un individuo que puede ser el responsable de todo lo ocurrido o tan solo de esto último...

»A este no lo conocemos. No tenemos su descripción... Pero hay una cosa cierta: estaba empeñado en provocar esa noche una tragedia... Tenía un gran empeño en ello... Ya que ese disparo no lo ha hecho un merodeador.

»Ahora no me pida que lo detenga... Pues convendrá conmigo, señor alcalde, que cualquiera de la ciudad, sobre todo cualquiera de los que conocen a las personas involucradas en esta historia y que, en particular, frecuentan el café de l'Amiral son susceptibles de ser X.

»Incluso usted...

Maigret pronunció estas últimas palabras en un tono ligero, al tiempo que se recostaba en el sillón y estiraba las piernas hacia el fuego.

El alcalde se estremeció ligeramente.

—Espero que esto solo sea una pequeña venganza por su parte...

Entonces, Maigret se levantó rápidamente, sacudió la pipa en la chimenea y yendo de un lado a otro de la biblioteca, exclamó:

—¡Nada de eso! ¿No quería usted conclusiones? Pues bien, ¡aquí las tiene...! He querido demostrarle, simplemente, que un asunto como este no es una simple operación policial que se dirige desde un sillón y llamando por teléfono... Y añadiré, señor alcalde, con todo el respeto que usted me merece, que cuando tomo bajo mi responsabilidad la dirección de una investigación, me gusta, ante todo... ¡que me dejen en paz!

Aquello le salió de pronto. Hacía días que se estaba incubando. Maigret, tal vez para calmarse, bebió un trago de whisky y miró hacia la puerta, como si hubiese dicho todo lo que tenía que decir y solo esperase permiso para marcharse.

Su interlocutor permaneció un rato en silencio, contemplando la ceniza blanca de su cigarro. Acabó por dejarla caer en un cenicero de porcelana azul, se levantó lentamente y miró con fijeza a Maigret.

—Escúcheme, comisario...

Se veía que sopesaba sus palabras, pues estas se intercalaban con silencios.

—Quizá me haya equivocado al manifestar cierta impaciencia en el curso de nuestra breve relación...

Aquello era inesperado. Sobre todo en aquel ambiente, donde el viejo parecía más que nunca un gran señor, con su cabello blanco, su bata bordada de seda, su pantalón gris de raya impecable.

—Empiezo a apreciarle a usted en su justo valor... En apenas unos minutos, con la ayuda de un simple resumen de los hechos, me ha hecho comprender este misterio angustiante, de una complejidad que no sospechaba y que define este asunto... Confieso que su falta de decisión frente al vagabundo logró indisponerme contra usted...

Se acercó al comisario y le puso una mano en el hombro.

—Le ruego que no me lo tenga en cuenta... Yo también tengo grandes responsabilidades...

Era imposible adivinar los sentimientos de Maigret, ocupado en llenar la pipa con sus gruesos dedos. Su petaca de cuero se veía muy vieja. Su mirada vagaba, a través de un ventanal, sobre el vasto horizonte del mar.

—¿Qué es aquella luz? —preguntó de pronto.

—Es el faro...

—No, me refiero a la pequeña luz de la derecha...

—La casa del doctor Michoux...

—Entonces ¿ha vuelto ya la criada?

—¡No! Es la señora Michoux, la madre del médico, que ha regresado al mediodía...

—¿La ha visto usted...?

Maigret creyó adivinar cierto malestar en el alcalde.

—Le sorprendió no encontrar a su hijo... Vino aquí a preguntar... Le dije que lo habían detenido, y le expliqué que se trataba más bien de una medida preventiva... Porque se trata de eso, ¿verdad...? Me ha pedido permiso para visitarlo en la cárcel... En el hotel no sabían dónde estaba usted... Y he sido yo quien ha autorizado esa visita...

»La señora Michoux volvió un poco antes de la hora de comer para conocer las últimas noticias... La recibió mi mujer y la invitó a comer...

—¿Son amigas?

—No exactamente... Se trata más bien de una buena relación entre vecinas... En invierno hay muy poca gente en Concarneau...

Maigret volvió a pasearse a lo largo de la biblioteca.

—¿Comieron los tres juntos...?

—Sí... Lo hacemos a menudo... He tratado de tranquilizarla, como he podido, pues está muy alterada por el traslado de su hijo a la gendarmería... Le ha costado mucho sacar adelante a su hijo, cuya salud no es muy buena...

—¿No le ha preguntado sobre Le Pommeret y Jean Servières...?

—Nunca le ha gustado Le Pommeret... Según ella, este incitaba a su hijo a beber... Lo cierto es que...

—¿Y sobre Servières...?

—Lo conocía menos... No pertenecía al mismo mundo... Un periodista mediocre, una relación de café, un tipo divertido... Pero, por ejemplo, uno no puede invitar a su mujer, cuyo pasado es algo turbio... ¡La vida en un pueblo, comisario...! Uno debe resignarse a esas distinciones que se establecen... Eso explicaría, en parte, mi humor... Usted no sabe lo que es administrar una población de pescadores, teniendo en cuenta las susceptibilidades de los patrones de los barcos y también de una pequeña burguesía, que...

—¿A qué hora se fue de aquí la señora Michoux?

—Hacia las diez... Mi mujer la acompañó en coche...

—Esa luz nos dice que la señora aún no se ha acostado...

—Tiene esa costumbre... ¡Yo también...! A cierta edad ya no se necesita dormir mucho... Hasta muy avanzada la noche estoy leyendo u hojeando algunos expedientes...

—¿Son prósperos los negocios de Michoux?

Un nuevo malestar, apenas perceptible.

—Todavía no... Hay que esperar que Sables Blancs adquiera valor... Teniendo en cuenta las relaciones de la señora Michoux en París, pronto ocurrirá... Ya se han vendido numerosas parcelas... En primavera empezarán a construir... Durante su viaje a París, ha convencido prácticamente a un banquero, cuyo nombre no puedo decirle, para que edifique un magnífico chalet en lo alto de la costa...

—Una pregunta más, señor alcalde... ¿A quién pertenecían antes los terrenos de esas parcelas?

Su interlocutor no dudó en contestar:

—Eran míos. Herencia familiar, igual que esta casa. Allí no había más que brezos y maleza cuando los Michoux tuvieron la idea...

En ese momento la luz lejana se apagó.

—¿Otro whisky, comisario...? Por supuesto, haré que mi chófer lo lleve de vuelta.

—Es usted muy amable. Pero me encanta caminar, sobre todo cuando necesito pensar...

—¿Qué opina de la historia del perro canelo...? Le confieso que es quizá lo que más me desconcierta.... ¡Eso y el pernod envenenado...! Pues, después de todo...

Pero Maigret ya estaba buscando su sombrero y su abrigo, y el alcalde tocó el timbre.

—¡El abrigo y el sombrero del comisario, Delphin!

El silencio era tan absoluto que se oía el ruido sordo, acompasado de la resaca contra el acantilado sobre el que se erguía la mansión.

—¿De verdad no quiere que mi chófer lo lleve...?

—De verdad...

Había en la atmósfera como jirones de malestar parecidos a las volutas de humo de tabaco alrededor de las lámparas.

—Me pregunto cuál será mañana el estado de ánimo de la población... Si el mar está en calma, al menos no habrá pescadores en las calles; aprovecharán para ir a echar sus nasas...

Maigret tomó su abrigo de manos del mayordomo y alargó su gruesa mano al alcalde, que tenía todavía algunas preguntas que hacerle, pero dudó, debido a la presencia del criado.

—¿Cuánto tiempo cree que necesita todavía para...?

El reloj señalaba la una de la madrugada.

—Espero que todo acabe esta noche...

—¿Tan rápido...? ¿A pesar de lo que ha dicho hace un rato...? En ese caso, ¿piensa usted en Goyard...? A menos que...

Era demasiado tarde. Maigret se dirigía a la escalera. El alcalde quería pronunciar una última frase. No encontró nada que expresara sus sentimientos.

—Me siento mal por dejar que regrese andando... por esos caminos...

La puerta se cerró. Maigret se encontró en la carretera, con un cielo lleno de pesadas nubes que jugaban a pasar lo más rápidamente posible por delante de la luna.

El aire era fresco. El viento venía del mar, impregnado del olor de las algas que se adivinaban amontonadas en grandes masas negras sobre la arena de la playa.

El comisario caminaba despacio, con las manos en los bolsillos y la pipa entre los dientes. Al volverse, vio desde lejos apagarse las luces de la biblioteca; luego se encendieron otras en el segundo piso, cuya luz quedó atenuada por las cortinas.

No tomó el camino que atravesaba la ciudad, sino que bordeó la costa, como lo había hecho el aduanero, y se detuvo un instante en la esquina donde habían herido al hombre. Todo estaba tranquilo. Algún farol aquí y allá. Concarneau dormía.

Cuando llegó a la plaza vio las ventanas del café, que estaban iluminadas todavía y que, con su halo venenoso, turbaban la paz de la noche.

Empujó la puerta. Un periodista estaba dictando, al teléfono: «... No se sabe ya de quién sospechar. La gente, en las calles, se mira recelosa. ¿Será este el asesino? ¿Será aquel otro? Nunca se ha visto una atmósfera más cargada de misterio y de miedo...».

El propietario del local, con expresión lúgubre, estaba de pie, ante la caja. Cuando vio al comisario, quiso hablar con él. Se intuían las recriminaciones.

En el café reinaba el desorden. En todas las mesas había periódicos y vasos vacíos, y un fotógrafo se hallaba ocupado en secar sus pruebas en el radiador.

El inspector Leroy avanzó hacia su jefe.

—Esa es la señora Goyard... —dijo a media voz, señalando a una mujer gordezuela, medio tumbada en una banqueta.

La señora se levantó. Se enjugaba los ojos.

—¡Dígame, comisario...!. ¿Es cierto...? No puedo creer-lo.... ¡Parece ser que Jean está vivo...! Pero no es posible que haya montado toda esta comedia, ¿verdad...? ¡No me habría hecho algo así...! ¡Cómo iba a dejarme con esta incertidumbre...! ¡Me estoy volviendo loca...! ¿Qué habrá ido a hacer a París...? ¡Dígamelo...! ¡Y sin mí...!

Lloraba, lloraba como saben hacerlo algunas mujeres, con gran profusión de lágrimas que caían por las mejillas, deslizándose hasta la barbilla, mientras que su mano oprimía un seno carnoso.

Se sorbía los mocos. Buscó el pañuelo. Y, además, quería hablar.

—¡Le juro que eso no es posible...! Yo sé que era algo juerguista... Pero ¡no habría hecho esto...! Cuando volvía, siempre me pedía perdón... ¿Comprende...? Dicen... —añadió, señalando a los periodistas—, dicen que fue él mismo quien dejó en el coche las manchas de sangre para que creyeran que se trataba de un crimen... Pero ¡entonces es que no pensaba volver...! Y yo sé, ¿entiende?, ¡estoy segura de que habría vuelto...! Nunca se habría ido de juerga si los otros no lo hubieran incitado a hacerlo. El señor Le Pommeret... el médico... ¡Y el alcalde...! ¡Y todos los que no me saludan en la calle, porque consideran que soy poca cosa para ellos...!

»Me han dicho que está detenido. Me resisto a creerlo... ¿Qué puede haber hecho de malo...? Ganaba bastante para la vida que llevábamos... Vivíamos felices, a pesar de las juergas que se corría de cuando en cuando...

Maigret la miró, suspiró, tomó un vaso de una mesa, apuró el contenido, de golpe, y murmuró:

—Usted me disculpará, señora..., pero tengo que ir a dormir...

—¿Usted también cree que es culpable de algo...?

—Yo nunca creo nada... Haga como yo, señora... Mañana será otro día...

Y subió la escalera con paso lento, mientras el periodista, que seguía junto al aparato, sacó partido de esta última frase:

—«Según las últimas noticias, mañana el comisario Maigret piensa resolver definitivamente el misterio...». —Y en otro tono añadió—: Eso es todo, señorita... Sobre todo, dígale al jefe que no cambie ni una sola palabra de mi artículo... No podría comprenderlo... Hay que estar sobre el terreno... —Después de colgar guardó su cuaderno de notas en el bolsillo, y pidió—: ¡Un ponche, jefe...! Con bastante ron y un chorrito de agua caliente...

Mientras tanto, la señora Goyard aceptó el ofrecimiento de un reportero de acompañarla. Y se puso en marcha, mientras le hacía confidencias.

—Aparte de que era un poco juerguista... Ya me entiende, señor... ¡Todos los hombres lo son...!

9

La caja de conchas

Al día siguiente por la mañana, el comisario Maigret estaba de tan buen humor que el inspector Leroy se atrevió a seguirlo parloteando, e incluso a hacer algunas preguntas.

Además, sin que se supiera por qué, el ambiente estaba más distendido. Tal vez tuviera algo que ver el hecho de que hacía buen tiempo. Parecía que hubieran lavado el cielo. Era azul, de un azul un poco pálido, pero vibrante, en el que se veían algunas nubecillas. Y el horizonte era más amplio, como si la bóveda celeste se hubiera ahondado. El mar, en calma, brillaba, salpicado de pequeñas velas, que parecían banderas clavadas en un mapa del Estado Mayor.

En efecto, solo hace falta un rayo de sol para transformar Concarneau, porque las murallas de la ciudad vieja, lúgubres bajo la lluvia, se vuelven de un blanco alegre, deslumbrante.

Abajo, los periodistas, cansados por las idas y venidas de los últimos tres días, se contaban sus historias mientras bebían café; y uno de ellos había bajado en pijama, con los pies desnudos en las zapatillas.

Maigret había entrado en la habitación de Emma, más bien una buhardilla, cuyo tragaluz se abría sobre la callejuela y cuyo techo inclinado impedía estar de pie, salvo en el medio de la pieza.

La ventana se hallaba abierta. El aire era fresco, pero se notaba la caricia del sol. Una mujer había aprovechado para tender la ropa en su ventana, al otro lado del callejón. Se oía el rumor propio del recreo de algún patio de colegio cercano.

Leroy, sentado en el borde de la pequeña cama de hierro, dijo:

—No acabo de entender todavía sus métodos, comisario; pero me parece que empiezo a adivinar...

Maigret lo miró con sus ojos risueños y envió hacia el sol una bocanada de humo.

—¡Ha tenido suerte, amigo! Sobre todo respecto a este asunto, en el que mi método ha sido precisamente no tener ninguno... Le daré un buen consejo: si quiere progresar en este oficio, nunca me tome por modelo ni intente sacar teorías de lo que me vea hacer...

—Sin embargo... veo que llega a los indicios materiales, después de que...

—Precisamente ¡después! ¡Después de todo! Dicho de otro modo: he empezado la investigación al revés, lo cual no me impedirá tomar la próxima al derecho... Cuestión de ambiente... Cuestión de cabezas... Cuando llegué aquí, me fijé en una que me sedujo y que no he vuelto a soltar...

Pero no dijo a quién pertenecía esa cabeza. Levantó una sábana vieja que ocultaba un ropero. Contenía un traje bretón de terciopelo negro que Emma debía de reservar para los días de fiesta.

En el lavabo, un peine con algunas púas rotas, horquillas y una caja de polvos de arroz de un rosa demasiado vivo. Encontró en un cajón lo que parecía buscar: una caja adornada con conchas brillantes, como las que se venden en todos los bazares de la costa. Esta, que debía de tener unos diez años, y sabe Dios qué caminos había recorrido, llevaba escritas las palabras RECUERDO DE OSTENDE.

Olía a cartón viejo, a polvo, a perfume y a papel antiguo. Maigret se había sentado al borde de la cama, cerca de su compañero, y hacía, con sus gruesos dedos, el inventario de cosas menudas.

Había un rosario de cuentas de cristal azul, talladas en facetas, con una frágil cadenita de plata; una medalla de primera comunión; un frasco de perfume vacío, que Emma debía de haber guardado por su bonita forma y que, seguramente, habría encontrado en la habitación de alguna huésped...

Una flor de papel, recuerdo de un baile o de una fiesta, daba una nota de rojo vivo.

Al lado, una pequeña cruz, de oro, era el único objeto de algún valor.

Un montón de tarjetas postales. En una se veía un gran hotel de Cannes. Al dorso, con letra de mujer:

Arias mejor de benir aqi que segir en hese suzio abujero donde lluebe todo laño. I se gana bastante. Se come lo qe se qiere. Te abrazo.

LOUISE

Maigret pasó la postal al inspector y miró atentamente una de esas fotografías de feria que se obtienen disparando una bala y dando en el blanco.

Apenas se veía al hombre de la foto, cuyo ojo estaba cerrado, debido a que apuntaba con la escopeta. Tenía una cara enorme, y llevaba una gorra de marinero. Y Emma, sonriendo al objetivo, lo cogía del brazo. En la parte de debajo de la tarjeta, se leía: «Quimper».

Una carta, con el papel tan arrugado que debía de haberla releído muchas veces:

Querida mía:

Ya está dicho y hecho: ya tengo mi barco. Se llamará La Bella Emma. El cura de Quimper me ha prometido bautizarlo la semana que viene, con agua bendita, granos de trigo, sal y todo, y habrá champán de verdad, pues quiero que sea una fiesta de la que se hable durante mucho tiempo en la localidad.

Al principio será un poco duro pagarlo, pues tendré que darle al banco diez mil francos al año. Piensa que tiene cien brazas cuadradas de vela y que alcanzará los diez nudos. Se puede ganar mucho transportando cebollas a Inglaterra. Así que podremos casarnos pronto. Ya he encontrado flete para el primer viaje, pero intentan engañarme, porque soy novato.

Tu jefa podría darte dos días de permiso para el bautismo del barco, pues todo el mundo estará borracho y no podrás volver a Concarneau. Ya he tenido que pagar varias rondas en los cafés a causa del barco, que ya está en el puerto y tiene una bandera nueva.

Me haré una foto en él y te la enviaré. Te abrazo como te amo, esperando que seas la mujer querida de tu

LÉON

Maigret guardó la carta en el bolsillo, mirando con aire soñador la ropa que se secaba al otro lado del callejón. No había nada más en la caja de conchas, salvo un portaplumas de hueso, roto, en el que se veía, en una lente de cristal, la cripta de Nuestra Señora de Lourdes.

—¿Hay alguien en la habitación que ocupaba habitualmente el medico? —preguntó.

—Creo que no. Los periodistas están instalados en el segundo piso...

El comisario siguió registrando la habitación para su mayor tranquilidad, pero no encontró nada interesante. Poco después estaba en el primer piso; empujó la puerta de la habitación número 3, cuyo balcón dominaba el puerto y la rada.

La cama estaba hecha; el suelo, encerado. En el lavabo había toallas limpias.

El inspector seguía con la vista a su jefe, con una curiosidad mezclada de escepticismo. Por su parte, Maigret silbaba y miraba a su alrededor. Vio una mesita de encina puesta ante la ventana, con un tapete de escritorio y un cenicero. Sobre el tapete, había hojas de papel blanco con el membrete del hotel y un sobre azul con el mismo membrete. Pero también había dos hojas grandes de papel secante, una casi negra de tinta y otra apenas marcada con caracteres incompletos.

—¡Vaya a buscar un espejo!

—¿Grande?

—¡No importa! Un espejo que pueda poner encima de la mesa.

Cuando volvió el inspector, este se encontró a Maigret plantado ante la ventana, con los dedos metidos en las sisas del chaleco, fumando su pipa con una expresión de satisfacción evidente.

—¿Este le vale...?

Cerraron la ventana. Maigret puso el espejo encima de la mesa y, con ayuda de los candelabros que cogió de la chimenea, colocó enfrente la hoja de papel secante.

Los caracteres que se reflejaron en el espejo no eran precisamente fáciles de interpretar. Faltaban letras y palabras enteras. Otras había que adivinarlas, por lo deformadas que estaban.

—¡Ya entiendo! —exclamó Leroy con expresión astuta.

—¡Bueno!, entonces vaya a pedirle al propietario un cuaderno de notas de Emma... o cualquier otra cosa que ella haya escrito...

Con un lápiz transcribió las palabras en una hoja de papel: «... verte... once... deshabitada... absolutamente...».

Cuando el inspector regresó, el comisario estaba rellenando aproximadamente los vacíos, reconstruyendo la siguiente nota:

Necesito verte. Ven mañana a las once a la casa deshabitada de la plaza, más allá del hotel. Cuento absolutamente contigo. Solo tienes que llamar a la puerta y te abriré.

—Aquí está el cuaderno de la lavandería, que Emma lleva al día —dijo Leroy.

—Ya no me hace falta... La carta está firmada... Mire aquí... «mma»... O sea: Emma... ¡Y la carta fue escrita en esta habitación...!

—¿Donde la camarera se encontraba con el médico? —dijo, asustado, el inspector.

Maigret comprendió lo repugnante que le resultaba esa hipótesis, sobre todo después de la escena que habían visto la víspera, encaramados a la cornisa.

—En ese caso, ¿será ella la que...?

—¡Despacio! ¡Despacio, muchacho! ¡Nada de conclusiones prematuras! ¡Y, sobre todo, nada de deducciones...! ¿A qué hora llega el tren que debe traernos a Jean Goyard...?

—A las once y treinta y dos...

—¡Pues le diré lo que debe hacer amigo...! Les dirá a los dos agentes que lo acompañan que lo lleven a la gendarmería... Llegará allí hacia el mediodía... Luego llamará al alcalde para decirle que me gustaría verlo a la misma hora, en el mismo sitio... ¡Espere...! El mismo mensaje para la señora Michoux, a la que también llamará a su casa... Por último, como es probable que de un momento a otro los policías o los gendarmes le traigan a Emma y a su amante... ¡el mismo destino y misma hora...! ¿Me olvido de alguien...? ¡Bueno, una recomendación...! Que no interroguen a Emma hasta que yo llegue... Prohíbale incluso que hable...

—¿Y el aduanero...?

—No lo necesito.

—¿El señor Mostaguen...?

—¡Eh...! ¡No...! ¡Eso es todo...!

En el café, Maigret pidió un vaso de vino de la tierra que paladeó con visible gusto, mientras decía a los periodistas:

—¡Esto va bien, señores...! Esta tarde podrán regresar a París...

Su paseo a través de las tortuosas callejuelas de la parte antigua de la ciudad lo puso aun de mejor humor, y, cuando llegó ante la puerta de la gendarmería, coronada por la luminosa bandera francesa, notó que la atmósfera, por la magia del sol, impregnada de esos tres colores y del muro deslumbrante de luz, tenía una alegría propia del Catorce de Julio.

Un viejo gendarme, sentado en una silla al otro lado de la puerta, leía un periódico humorístico. El patio, con sus baldosas separadas por hileras de musgo verde, poseía la serenidad de un patio de convento.

—¿Y el sargento...?

—Están todos fuera: el teniente, el sargento y la mayoría de los hombres, buscando al susodicho vagabundo...

—¿El médico sigue ahí dentro...?

El hombre sonrió, mirando la ventana enrejada de la celda, a la derecha.

—¡No hay peligro!

—¿Quiere abrirme la puerta?

Una vez descorridos los cerrojos, Maigret saludó con voz alegre y cordial:

—¡Buenos días, doctor...! ¿Ha dormido bien al menos...?

Pero solo vio una cara pálida y enjuta que, sobre la litera, sobresalía de una manta gris. Tenía los ojos febriles, hundidos en marcadas ojeras.

—Pero, bueno, ¿no se encuentra usted mejor...?

—Muy mal... —balbució Michoux, incorporándose en la cama, con un suspiro—. Mi riñón...

—Espero que le hayan dado todo lo que necesite.

—Sí... Es usted muy amable...

Se había acostado completamente vestido. Sacó las piernas de debajo de la manta, se sentó y se pasó la mano por la frente. Mientras, Maigret cogió una silla y se sentó, poniendo los codos sobre el respaldo, resplandeciente de salud, de alegría.

—¡Vaya!, veo que ha pedido usted borgoña...

—Mi madre me lo trajo ayer... ¡Habría preferido no recibir esa visita...! En París debió de enterarse de algo y ha vuelto...

El cerco de las ojeras le llegaba hasta la mitad de las mejillas sin afeitar, hundiéndolas aún más. La ausencia de corbata y el traje arrugado recalcaban la impresión de abandono que aquel hombre traslucía.

Se interrumpió para toser. Escupió, sin recato alguno, en un pañuelo y lo miró como quien teme estar tuberculoso y se observa con ansiedad.

—¿Hay novedades? —preguntó en un tono cansado.

—Los gendarmes ya le habrán hablado de la tragedia ocurrida esta noche.

—No.... ¿Qué ha pasado...? ¿Quién ha sido...?

Se había arrimado a la pared como si temiera ser atacado.

—¡Bah! Un aduanero al que han disparado en una pierna...

—¿Y han cogido al... al asesino? ¡No puedo más, comisario...! Debe reconocer que es para volverse loco... Otro cliente del café de l'Amiral, ¿verdad...? ¡Nosotros somos el blanco...! Y me devano los sesos para saber por qué. Sí, ¿por qué...? ¡Mostaguen...! ¡Le Pommeret...! ¡Goyard...! ¡Y el veneno, que estaba destinado a todos...! ¡Ya verá como acabarán por matarme, a pesar de todo, aquí mismo...! Pero, dígame, ¿por qué...?

Ya no estaba pálido, sino lívido. Y daba pena verlo, hasta tal punto daba la imagen del pánico, en su forma más lamentable, más horrible.

—No me atrevo a dormir... ¡Esa ventana, mire...! Tiene barrotes... Pero es posible disparar a través de ellos... ¡Por la noche...! Un gendarme puede quedarse dormido, o estar distraído... No he nacido para una vida así... Ayer me bebí toda la botella con la esperanza de poder dormir... ¡Pues no he pegado ojo...! ¡He estado enfermo...! ¡Si al menos hubiesen matado a ese vagabundo con su perro canelo...!

»¿Han vuelto a ver al perro...? ¿Sigue rondando por el café...? No comprendo por qué no le han metido ya una bala en el cuerpo... ¡A él y a su dueño...!

—Su dueño se ha ido de Concarneau esta noche...

—¡Ah...!

Al médico parecía costarle trabajo creérselo.

—¿Inmediatamente después... después de su nuevo crimen...?

—¡Antes...!

—Pero entonces... ¡Eso es imposible...! Habrá que creer que...

—¡Exacto! Se lo he dicho esta noche al alcalde... Déjeme que le diga, entre nosotros, que es un hombre curioso el alcalde... ¿Qué opina usted...?

—¿Yo...? No lo sé... Yo...

—Bueno, él le vendió a usted los terrenos para edificar... Mantiene usted una relación con él... Podría decirse que son amigos...

—Tenemos, sobre todo, relaciones de negocios y de buena vecindad... En el campo...

Maigret notó que su voz se volvía más firme, y la mirada, más serena.

—¿Qué le dijo usted al alcalde...?

Maigret sacó el cuaderno de su bolsillo.

—Le dije que la serie de crímenes, o si prefiere intentos de asesinato, no podían haberlos cometido ninguna persona que conozcamos... No voy a enumerar todas las tragedias ocurridas... Se lo resumiré... Le hablaré de manera objetiva... Como un técnico... ¡Bien! Es evidente que usted no ha podido materialmente dispararle al aduanero, lo que sería suficiente para descartarlo como sospechoso... Le Pommeret tampoco pudo dispararle, puesto que mañana por la mañana lo entierran.... Tampoco Goyard, a quien acaban de arrestar en París... Y ni el uno ni el otro podía encontrarse el viernes por la tarde tras el buzón de la casa vacía... Tampoco Emma...

—Pero ¿y el vagabundo del perro canelo?

—¡Ya he pensado en ello! No solo no ha sido él quien ha envenenado a Le Pommeret, sino que esa noche se hallaba lejos del lugar de la tragedia cuando esta se produjo... Por eso mismo, le he hablado al alcalde de una persona desconocida, un X misterioso, que podría haber cometido todos esos crímenes... A menos...

—¿A menos...?

—¡A menos que no se trate de un criminal en serie...! En vez de una especie de ofensiva unilateral, suponga que existe un verdadero enfrentamiento entre dos grupos o entre dos individuos...

—Pero entonces, comisario, ¿cómo me afecta eso a mí...? Si hay enemigos desconocidos que rondan por ahí... yo...

Su rostro se demudaba de nuevo. Se llevó las manos a la cabeza.

—¡Cuando pienso que estoy enfermo y que los médicos me recomiendan tranquilidad absoluta...! ¡Oh! No será necesario una bala ni veneno para matarme... Será mi riñón el que se encargará de eso...

—¿Qué opina del alcalde...?

—¡No lo sé! ¡No sé nada...! Proviene de una familia muy rica... De joven, se pegó la gran vida en París... Tenía caballos de carreras. Luego se retiró... Salvó una parte de su fortuna y vino a instalarse aquí, en la casa de su abuelo, que era también alcalde de Concarneau... Me vendió las tierras que no le eran de ninguna utilidad... Creo que lo que quiere es ser nombrado consejero general, para acceder luego al Senado...

El médico se había levantado y se diría que en unos días había adelgazado por lo menos diez kilos. No habría sido nada raro que se hubiera puesto a llorar de puro nerviosismo.

—¿Qué se puede deducir de todo esto...? Y ese Goyard,

que está en París cuando se cree... ¿Qué estaría haciendo allí...? ¿Y por qué...?

—No tardaremos en saberlo, pues pronto llegará a Concarneau. Seguramente a estas horas ya habrá llegado...

—¿Lo han detenido...?

—Se le ha pedido que siga a dos señores hasta aquí... Lo que no es lo mismo...

—¿Qué ha dicho...?

—¡Nada! ¡También es verdad que nadie le ha preguntado nada.

Entonces, de pronto, el médico miró fijamente al comisario. La sangre le subió de golpe a las mejillas.

—¿Qué significa eso...? ¡Tengo la impresión de que alguien se ha vuelto loco...! Acaba de hablarme del alcalde, de Goyard... Y presiento, ¿entiende?, presiento que de un momento a otro será a mí al que maten... ¡A pesar de esos barrotes, que no podrán impedirlo...! ¡A pesar de ese pedazo de imbécil de gendarme que está de guardia en el patio...! ¡Y no quiero morir...! ¡No quiero...! ¡Que me den un revólver para defenderme...! O, mejor, que encierren a los que atentan contra mi vida, los que han matado a Le Pommeret, los que han puesto el veneno en la botella...

Temblaba de pies a cabeza.

—¡No soy un héroe! ¡Mi oficio no es el de desafiar a la muerte...! ¡Soy un hombre...! ¡Estoy enfermo...! ¡Y ya tengo suficiente en la vida con luchar contra la enfermedad...! ¡Usted no deja de hablar! ¡Habla y habla...! Pero ¿qué hace usted...?

Rabioso, empezó a golpearse la cabeza contra la pared.

—Todo esto parece una conspiración... A no ser que alguien pretenda que me vuelva loco... ¡Sí! ¡Quieren internar-me...! ¿Quién sabe...? ¿Tal vez sea mi madre quien ya esté harta de mí...? ¡Porque siempre he guardado celosamente la parte que me correspondía de la herencia de mi padre...! Pero no podrán conmigo...

Maigret permanecía inmóvil. Seguía allí, en medio de la celda blanca, en una de cuyas paredes se reflejaba el sol, con los codos apoyados en el respaldo de la silla y la pipa en la boca.

El médico iba de un lado a otro, presa de una agitación rayana en el delirio.

Después, de pronto, se oyó en la habitación una voz alegre, ligeramente irónica, que modulaba, como los chiquillos:

—¡Cucú...!

Ernest Michoux se sobresaltó, miró los cuatro rincones de su celda antes de volverse hacia Maigret. Entonces vio la cara del comisario, que se había quitado la pipa de la boca, y que lo miraba riéndose.

Fue como si se soltara un resorte. Michoux se inmovilizó, débil, grotesco, como si se derritiera hasta quedar convertido en una silueta irreal, inconsistente.

—¿Ha sido usted quien...?

Parecía que la voz llegara de otra parte, como la de un ventrílocuo que hace surgir las palabras del techo o de un jarro de porcelana.

Los ojos de Maigret seguían sonrientes cuando se levantó y pronunció con una gravedad reconfortante que contrastaba con la expresión de su rostro:

—¡Cálmese, doctor...! Oigo pasos en el patio... Dentro

de unos instantes, el asesino estará seguramente entre estas cuatro paredes...

El primero a quien hizo entrar el gendarme fue al alcalde. Pero se oían más pasos en el patio.

10

La bella Emma

—¿Quería verme, comisario...?

Maigret no había tenido aún tiempo de contestar cuando se vio entrar en el patio a dos inspectores que custodiaban a Jean Goyard, mientras que en la calle se adivinaba, a ambos lados de la puerta, una multitud agitada.

El periodista parecía más pequeño, más regordete, entre los guardias que lo custodiaban. Se había bajado el ala de su sombrero flexible, y, por temor a los fotógrafos, sin duda, llevaba un pañuelo que le tapaba la parte inferior de la cara.

—¡Por aquí! —dijo Maigret a los inspectores—. Podrían ir a buscarnos unas sillas, pues parece que oigo una voz femenina...

Era una voz chillona que decía:

—¿Dónde está...? ¡Quiero verlo inmediatamente...! Y haré que lo destituyan, inspector... ¿Lo oye...? ¡Haré que lo destituyan...!

Era la señora Michoux, con un vestido color malva, con todas sus joyas, el rostro empolvado y con pintalabios y que jadeaba de indignación.

—¡Ah! ¿Está usted aquí, querido amigo...? —dijo al

alcalde en un tono remilgado—. ¿Puede usted imaginarse semejante situación...? Este hombre llega a mi casa cuando aún no me he vestido... Tengo a la criada de permiso... Le digo a través de la puerta que no puedo recibirlo, e insiste, exige, y espera mientras me arreglo, pretendiendo que le han ordenado traerme aquí... Verdaderamente inaudito... ¡Cuando pienso que mi marido era diputado, que casi fue presidente del Consejo, y que este... este bribón... sí, bribón...!

Estaba demasiado indignada para darse cuenta de la situación. Pero de pronto vio a Goyard, que volvía la cabeza; a su hijo, sentado al borde de la cama, con la cabeza entre las manos. Un coche hacía entrada en el patio lleno de sol. Los uniformes de los gendarmes tenían reflejos tornasolados. Entretanto, de la muchedumbre se elevaba un clamor.

—¿Qué...? ¿Qué es lo que ustedes...?

Hubo que cerrar la puerta cochera para impedir que la gente entrara a la fuerza en el patio. Pues la primera persona que se tiró literalmente del coche no era otro que el vagabundo, quien no solamente iba esposado, sino al que además le habían atado los tobillos con una cuerda gruesa, de forma que hubo que transportarlo como un paquete.

Tras él descendió Emma, que podía moverse libremente, aunque se la veía aturdida, como si se tratase de un sueño.

—¡Suéltenle las piernas!

Los gendarmes estaban orgullosos, todavía exaltados por la detención. No debía de haber sido fácil, a juzgar por los uniformes en desorden y, sobre todo, por la cara del prisionero, que estaba completamente manchada de sangre, que aún manaba del labio partido.

La señora Michoux dio un grito de espanto y retrocedió hasta la pared, como si hubiese visto algo repugnante, mientras el hombre se dejaba desatar sin decir nada, y levantaba la cabeza, mirando lentamente, muy lentamente, alrededor.

—¡Tranquilo, eh, Léon...! —masculló Maigret.

El otro se estremeció, tratando de averiguar quién había hablado.

—Que le traigan una silla y un pañuelo...

Se dio cuenta de que Goyard se había deslizado al fondo de la celda, tras la señora Michoux, y que el médico temblaba, sin mirar a nadie. El teniente de gendarmes, confuso por aquella insólita reunión, se preguntaba qué papel debía representar allí.

—¡Cierren la puerta...! Que todos hagan el favor de sentarse... Teniente, ¿su sargento podría hacer de secretario...? ¡Muy bien! Que se coloque en esa mesita... Señor alcalde, le ruego que se siente también...

La muchedumbre, fuera, ya no gritaba; a pesar de ello, se sentía su presencia, se adivinaba en la calle una marea compacta que esperaba enardecida.

Maigret fue llenando la pipa, al tiempo que se paseaba de un lado a otro. De pronto se volvió hacia el inspector Leroy.

—Lo primero de todo es llamar al síndico de las gentes que trabajan en el mar, en Quimper, para preguntarle qué le pasó, hace cuatro o cinco años, a un barco llamado La Bella Emma...

Cuando el inspector se dirigía hacia la puerta, el alcalde tosió, e hizo un gesto indicando que quería hablar.

—Yo puedo contárselo, comisario... Es una historia que todo el mundo conoce en la región...

—Hable, pues...

El vagabundo se agitó en su rincón, como un perro rabioso. Emma no dejaba de mirarlo, sentada en el mismo borde de la silla. La casualidad la había colocado al lado de la señora Michoux, cuyo perfume, de un dulce olor a violeta, empezaba a llenar la habitación.

—Yo no he visto el barco —dijo el alcalde con soltura, quizá con un poco de afectación—. Pertenecía a un tal Le Glen, o Le Glérec, un excelente marino, pero de carácter violento... Como todos aquellos barcos dedicados al cabotaje en la región, La Bella Emma transportaba, sobre todo, frutos tempranos a Inglaterra... Un buen día se habló de un viaje más largo... Durante dos meses no se tuvieron noticias de él... Por fin se supo que La Bella Emma había sido registrado al llegar a un pequeño puerto, cerca de Nueva York, su tripulación conducida a la cárcel y la carga de cocaína incautada... También el barco, naturalmente... Era la época en que la mayoría de los barcos mercantes, sobre todo los que transportaba la sal a Terranova, se dedicaban al contrabando de alcohol...

—Muchas gracias... No se mueva, Léon... Contésteme desde donde está... Y, sobre todo, conteste exactamente a mis preguntas, tan solo eso... ¿Comprende...? Por lo pronto, ¿dónde lo han detenido hace un rato...?

El vagabundo se limpió la sangre que le caía por la barbilla y dijo con voz ronca:

—En Rosporden... en un depósito del ferrocarril, donde esperábamos que llegara la noche para subir en cualquier tren...

—¿Cuánto dinero llevaba encima...?

Fue el teniente el que contestó:

—Once francos y algo de calderilla...

Maigret miró a Emma, a la que le caían las lágrimas por las mejillas; luego al hombretón, acurrucado. Se dio cuenta de que el médico, aunque inmóvil, era presa de una intensa agitación, e hizo señas a uno de los policías para que se colocase a su lado, en previsión de cualquier eventualidad.

El sargento escribía. La pluma arañaba el papel con un ruido metálico.

—Cuéntenos exactamente cómo se llevó a cabo aquel cargamento de cocaína, Le Guérec...

El hombre levantó la mirada. La dirigió hacia el médico; y se le endureció. Con la boca apretada, con los puños crispados, murmuró:

—El banco me había prestado el dinero para construir mi barco...

—¡Lo sé! Y después...

—Tuvimos un mal año... El franco subía... Inglaterra compraba menos fruta... Yo no sabía cómo iba a pagar los intereses... Esperaba haber pagado la mayor parte para poder casarme con Emma... Fue entonces cuando un periodista, a quien conocía porque iba a menudo por el puerto, vino a buscarme...

Ante la estupefacción general, Ernest Michoux descubrió su rostro, que estaba pálido, pero mucho más tranquilo de lo que se esperaba. Sacó un cuaderno y un lápiz del bolsillo, y escribió algunas palabras.

—¿Fue Jean Servières quien le propuso llevar un cargamento de cocaína?

—¡Al principio, no! Me habló de un negocio. Me citó en un café de Brest, donde se encontraba con otros dos...

—¿El doctor Michoux y el señor Le Pommeret?

—¡Eso es!

Michoux tomaba nuevas notas y su cara tenía una expresión desdeñosa. En un momento dado, incluso esbozó una sonrisa irónica.

—¿Cuál de los tres le entregó la mercancía?

El médico esperaba con el lápiz en alto.

—Ninguno de los tres... O, mejor dicho: ellos solo me hablaron de la enorme cantidad de dinero que podía ganar en un mes o dos... Una hora después llegó un americano... Nunca he sabido su nombre... Solo lo vi dos veces... Era seguramente un hombre que conocía el mar, pues me preguntó sobre las características del barco, el número de hombres que yo necesitaría a bordo y el tiempo necesario para ponerle un motor auxiliar... Yo creía que se trataba de contrabando de alcohol... Todo el mundo lo hacía, incluso los oficiales de los paquebotes... A la semana siguiente vinieron unos obreros a instalar un motor semidiesel en La Bella Emma...

Hablaba lentamente, con la mirada fija, y era impresionante verle mover sus grandes dedos, más elocuentes, en sus gestos, lentos como espasmos, que su rostro.

—Me entregaron una carta marítima inglesa, en la que se me señalaban todos los vientos del Atlántico y la ruta de los veleros, puesto que yo nunca había hecho esa travesía... Por prudencia, solo llevé a dos hombres conmigo, y no hablé del negocio con nadie, salvo con Emma, que estaba en la escollera la noche de la salida... Los tres hombres también se encontraban allí, cerca de un coche con las luces apagadas... La carga se había efectuado al mediodía... Y en ese momento tuve miedo... ¡Y no tanto por el contrabando en sí! Yo apenas fui al colegio... Pero, mientras pueda servirme del compás y de la sonda, me basta... No temo a nadie... Pero allá, mar adentro... Un viejo capitán había intentado enseñarme a manejar el sextante para seguir el rumbo... Había comprado una tabla de logaritmos y todo lo necesario... Pero estaba seguro de que me haría un lío con los cálculos... Si tenía éxito, habría acabado de pagar el barco y aún me quedarían unos veinte mil francos en el bolsillo... Soplaba un viento violento aquella noche... Perdimos de vista el coche y a los tres hombres... Y luego a Emma, cuya silueta se recortaba en negro al final de la escollera... Dos meses en el mar...

Michoux seguía tomando notas, pero evitaba mirar al hombre que hablaba.

—Tenía instrucciones para el desembarco... Por fin llegamos, Dios sabe cómo, al puerto que nos habían designado... No habíamos terminado de lanzar las amarras a tierra cuando tres vapores de vigilancia de la policía, con ametralladoras y hombres armados de fusiles, nos rodearon, subieron al puente, nos encañonaron gritando no sé qué en inglés y se pusieron a darnos culatazos hasta que levantamos las manos...

»No nos dio tiempo de ver nada, todo fue tan rápido... No sé quién condujo mi barco al muelle, ni cómo nos metieron en un camión. Una hora más tarde estábamos todos encerrados en jaulas metálicas en la prisión de Sing-Sing...

»Nos encontrábamos completamente abatidos... Nadie hablaba francés... Los presos se burlaban de nosotros y nos insultaban...

»Allí, las cosas van rápido. Al día siguiente estábamos ante una especie de tribunal, y el abogado que, al parecer, nos defendía ¡ni siquiera habló con nosotros...!

»Fue después cuando me anunciaron que había sido condenado a dos años de trabajos forzados y a cien mil dólares de multa, que mi barco había sido confiscado, y demás... No comprendía... ¡Cien mil dólares...! Les juré que no tenía dinero... En tal caso, pasaría no sé cuántos años más de cárcel...

»Me quedé en Sing-Sing... A mis marineros debieron de enviarlos a otra prisión, pues no los he vuelto a ver... Me cortaron el pelo al cero... Tuve que picar piedras en la construcción de carreteras... Un capellán quiso enseñarme la Biblia...

»No pueden imaginarse lo que era aquello... Había presos ricos que iban a pasear a la ciudad casi todas las tardes... ¡Y el resto les servían de criados...!

»Poco importa... Cuando llevaba allí más de un año, me encontré un día al americano de Brest, que venía a visitar a un detenido... Lo reconocí enseguida... Lo llamé... Le costó reconocerme, pero luego se echó a reír y pidió que me llevaran al locutorio...

»Fue muy amable... Me trataba como a un antiguo compañero... Me dijo que siempre había trabajado como agente durante la Ley Seca... Trabajaba sobre todo en el extranjero, en Inglaterra, en Francia, en Alemania, desde donde enviaba a la policía americana las informaciones sobre los convoyes que salían...

»Pero, al mismo tiempo, también traficaba por su cuenta de cuando en cuando... Era el caso de ese asunto de la cocaína, con la que debía de haber ganado millones, pues había diez toneladas a bordo, a no sé cuántos francos el gramo. Se había puesto de acuerdo con unos franceses, que debían proporcionar el barco y una parte de los fondos... Esos eran mis tres hombres... Naturalmente, los beneficios serían a repartir entre los cuatro...

»Pero ¡espere...! Porque aún me queda por contarle lo mejor... El mismo día que se procedía a la carga, en Quimper, el americano recibió un aviso de su país... Había un nuevo jefe del departamento de la Ley Seca... Se reforzó la vigilancia... Los compradores de Estados Unidos dudaban, y, en vista de ello, la mercancía corría el riesgo de no encontrar comprador...

»Además, un nuevo decreto prometía a todo aquel que ayudara a encontrar mercancía prohibida un tercio del valor de esa misma mercancía...

»¡Fue en prisión donde me contaron todo esto...! Supe también que, mientras yo largaba las amarras, ansioso, y me preguntaba si llegaríamos vivos al otro lado del Atlántico, mis tres hombres discutían con el americano en el muelle...

»¿Arriesgar el todo por el todo...? Fue el médico, lo sé, el que insistió en denunciarlo... Al menos, de esa manera, se recuperaba con toda seguridad un tercio del capital, sin riesgo de complicaciones...

»Sin contar que el americano se pondría de acuerdo con un colega para esconder una parte de la cocaína. ¡Artimañas increíbles, lo sé...!

»La Bella Emma se deslizaba sobre la negra agua del puerto... Yo miraba por última vez a mi novia, convencido de que, al cabo de unos meses, regresaría para casarme...

»¡Y ellos sabían, mientras nos veían partir, que nos detendrían en cuanto llegáramos...! Contaban seguramente con que nos defenderíamos, que nos matarían durante ese enfrentamiento, como ocurre todos los días en estos tiempos, en aguas americanas...

»¡Sabían que mi barco sería confiscado, que no lo había terminado de pagar, que no poseía nada más en el mundo...!

»Sabían que soñaba con casarme... ¡Y nos miraban mientras partíamos...!

»De todo esto me enteré en Sing-Sing, donde yo me había vuelto un salvaje entre otros salvajes... Me mostraron pruebas... Mi interlocutor se reía, gritaba, dándose golpes en las piernas: "¡Auténticos canallas esos tres...!".

Se produjo un silencio repentino, absoluto. Y, en medio de ese silencio, se oyó con estupor el ruido del lápiz de Michoux deslizándose sobre una página blanca que acababa de volver.

Maigret miró, comprendiendo, las iniciales «SS» tatuadas en la mano del coloso: «¡Sing-Sing!».

—Yo creo que todavía me quedaban diez años de condena por cumplir... En ese país no se sabe nunca... La menor falta contra el reglamento hace que la pena se alargue, mientras recibes una lluvia de golpes con porras... He recibido centenares de ellos... ¡Y golpes de mis compañeros...! Y fue mi americano el que hizo lo que pudo en mi favor... Me parece que le daba asco la cobardía de los que llamaba mis amigos... Yo no tenía más compañero que un perro... Un animal que había criado en el barco, que me salvó cuando estuve a punto de ahogarme y al que allí, a pesar de toda la disciplina, habían dejado vivir en prisión... Pues no tienen las mismas ideas que nosotros sobre esta clase de cosas... ¡Un infierno...! Aunque eso no impide que asistamos a un concierto los domingos y luego nos apaleen hasta hacernos sangre... Al final, ya no sabía si seguía siendo un hombre... He llorado cien veces, mil veces...

»Y cuando una mañana me abrieron la puerta, dándome un culatazo en los riñones para devolverme a la vida civilizada, me desmayé, tontamente, en la acera. Ya no sabía vivir... No tenía nada...

»¡Sí!, una cosa...

Su labio roto sangraba. Se olvidaba de limpiarse la sangre. La señora Michoux se tapaba la cara con su pañuelo de batista, cuyo olor mareaba. Y Maigret fumaba tranquilamente, sin dejar de mirar al médico, que seguía escribiendo.

—¡La intención de que sufrieran la misma suerte aquellos que habían sido la causa de todo ese horror...! ¡No quería matarlos...! ¡No! Lo de menos es morir... Intenté matarme en Sing-Sing veinte veces sin conseguirlo... Me negué a comer y me alimentaron artificialmente... Quería que supiesen lo que era estar en la cárcel... Quería que fuese en Estados Unidos... Pero eso era imposible...

»Deambulé por Brooklyn, donde hice toda clase de trabajos, esperando poder pagarme el pasaje a bordo de un barco... Incluso tuve que pagar por mi perro...

»No había vuelto a tener noticias de Emma... No me atrevía a volver a Quimper, donde podrían haberme reconocido, a pesar de mi aspecto andrajoso...

»Una vez aquí, supe que trabajaba de camarera, y que

era, por entonces, la amante de Michoux... Quizá también de los otros... Una camarera, ya se sabe...

»No era fácil enviar a esos tres canallas a la cárcel... Pero ¡estaba dispuesto a hacerlo como fuese...! Era mi único deseo... Durante un tiempo, viví con mi perro a bordo de una barca encallada, luego en el antiguo puesto de vigilancia, en la punta del Cabélou...

»Primero, dejé que me viese Michoux... ¡Tan solo verme...! ¡Que viese mi cara bestial, mi aspecto salvaje...! ¿Comprende...? Quería que tuviese miedo... ¡Quería que sintiese tal pánico que fuese capaz de dispararme...! Tal vez habría supuesto mi final... Pero después... ¡La cárcel para él...! ¡Las patadas...! ¡Los golpes de porra...! ¡Los compañeros repugnantes, más fuertes que uno y que te obligan a servirles...! Rondaba alrededor de su casa... Me cruzaba en su camino... ¡Tres días...! ¡Cuatro días...! Entonces ya me había reconocido... Salía menos de casa... A pesar de todo, aquí, durante todo ese tiempo, la vida no había cambiado... ¡Los tres tomaban sus aperitivos...! ¡La gente los saludaba...! Yo robaba en los almacenes para comer... Quería ejecutar mi plan cuanto antes...

Una voz apagada se elevó:

—¡Perdón, comisario! Este interrogatorio sin la presencia de un juez de instrucción, ¿tiene valor legal?

¡Era Michoux...! Michoux, blanco como el papel, con los rasgos crispados, las narices contraídas, los labios pálidos. Pero ¡un Michoux que hablaba con una claridad casi amenazadora!

Con una mirada, Maigret ordenó a un agente que se colocara entre el médico y el vagabundo. ¡Muy oportunamente! Léon le Guérec se levantó despacio, atraído por aquella voz, con los puños apretados, pesados como mazas.

—¡Quédese sentado...! ¡Siéntese, Léon...!

Y, mientras aquel salvaje obedecía, con la respiración agitada, el comisario exclamó, sacudiendo la ceniza de su pipa:

—¡Ahora me toca a mí hablar...!

11

El miedo

Su voz baja, su dicción rápida contrastaban con el discurso apasionado del marinero, que lo miraba ceñudo.

—Primero, unas palabras sobre Emma, señores... Ella se entera de que su novio ha sido detenido... Ya no recibe noticias de él... Un día, por una causa leve, pierde su empleo y empieza a trabajar de camarera en el Hotel de l'Amiral... Es una pobre muchacha que no tiene a nadie... Los hombres intentan seducirla, como suelen hacer los clientes ricos con las criadas... Han pasado dos años, tres... Ignora que Michoux es el culpable de todo... Se reúne con él una noche en su habitación... El tiempo pasa, la vida sigue... Michoux tiene otras amantes... De vez en cuando, le da por dormir en el hotel... O bien, cuando su madre está ausente, hace que Emma vaya a su casa... Una relación falsa... sin amor... La vida de Emma es triste... No es una heroína... Guarda en una caja de conchas una carta, una foto, pero eso es tan solo un viejo sueño, que va desvaneciéndose...

»No sabe que Léon ha vuelto...

»No ha reconocido al perro canelo que ronda a su alrededor y que tenía solo cuatro meses cuando partió el barco...

»Una noche, Michoux le dicta una carta sin decirle a quién va destinada... Habla de citar a alguien en una casa deshabitada a las once de la noche...

»Ella escribe. ¡Es camarera...! ¿Comprenden...? Léon le Guérec no se ha equivocado... ¡Michoux tiene miedo! Siente que su vida está en peligro... Quiere eliminar al enemigo que le acecha...

»Pero ¡es un cobarde...! ¡Incluso me lo ha confesado él mismo...! Se esconderá tras una puerta, en un pasillo, después de hacer llegar la carta a su víctima, atándosela con un cordel en el cuello del perro...

»¿Acaso León desconfiará...? ¿No querrá ver, a pesar de todo, a su antigua novia...? En el momento en que llame a la puerta, será suficiente disparar a través del buzón y huir por la callejuela... ¡Y el crimen será tanto más misterioso cuanto que nadie reconocerá a la víctima...!

»Pero Léon desconfía. Ronda seguramente por la plaza... ¿Se atreverá a acudir a la cita...? La casualidad hace que el señor Mostaguen salga en ese instante del café, algo bebido, y que se detenga ante la puerta para encender su cigarro... Su equilibrio es inestable... Se golpea contra la puerta... Es la señal... Una bala lo alcanza en pleno vientre...

»He aquí el primer asunto... Michoux ha fallado el golpe... Regresa a su casa... Goyard y Le Pommeret, que están al corriente y que tienen el mismo interés en la desaparición del hombre que los amenaza a los tres, están aterrorizados...

»Emma, por fin, entiende el porqué de lo que se ha visto obligada a hacer... Quizás ha visto a Léon... Quizás ha estado pensando y por fin reconoce al perro canelo...

»Al día siguiente llego yo... Veo a los tres hombres... Advierto su terror... ¡Esperan que ocurra una tragedia...! E intento averiguar de dónde creen que vendrá el próximo golpe... Quiero asegurarme de que no me equivoco...

»Fui yo el que puso veneno en la botella de alcohol, algo torpe por mi parte... Estaba preparado para intervenir en el caso de que alguien bebiera... Pero ¡no...! ¡Michoux vigila...! Michoux desconfía de todo, de la gente que pasa, de lo que come, de lo que bebe... No se atreve siquiera a salir del hotel...

Emma permanecía en una inmovilidad tan absoluta que era la viva imagen del estupor. Michoux había vuelto la cabeza un instante, para mirar a Maigret a los ojos. Luego se puso a escribir febrilmente.

—¡Ya he aclarado la segunda tragedia, señor alcalde...! Nuestro trío sigue viviendo, pero con miedo... Goyard es el más impresionable de los tres; sin duda, también el menos canalla... La historia del envenenamiento lo ha descompuesto... Cree que llegará su turno, un día u otro... Siente que estoy sobre la pista... Y decide huir... Huir sin dejar rastro... Huir sin que puedan acusarlo de haber huido... Finge una agresión; intenta que creamos que está muerto y que su cuerpo ha sido arrojado a las aguas del puerto...

»Poco antes, la curiosidad lo impulsa a fisgar en casa de Michoux, quizás en busca de Léon para reconciliarse con él... Allí, encuentra indicios de la presencia del salvaje... Sabe que yo no tardaré en descubrir también esos indicios...

»¡Es periodista...! Y sabe, además, lo impresionable que es la gente... Sabe que, mientras Léon siga vivo, no estará seguro en ninguna parte... Y entonces se le ocurre algo verdaderamente genial: el artículo, escrito con la mano izquierda y enviado a *Le Phare de Brest*...

»En él se habla del perro canelo, del vagabundo... Cada frase está pensada para sembrar el terror en Concarneau... Y, con suerte, tal vez la gente vea al hombre de los pies grandes y le dispare una bala en el pecho...

»¡Y eso estuvo a punto de ocurrir...! Primero dispararon contra el perro... ¡Habrían disparado igualmente contra el hombre...! Una población aterrorizada es capaz de todo...

»En efecto, el domingo el terror reina en la ciudad... Michoux no sale del hotel... Está enfermo de miedo... Pero está decidido a defenderse hasta el final, por todos los medios...

»Lo dejo solo con Le Pommeret... Desconozco lo que pasó entre ellos... Goyard ha huido... Le Pommeret, que pertenece a una honorable familia de la zona, debe de estar planteándose llamar a la policía y confesarlo todo, antes que seguir viviendo en una constante pesadilla... ¿Qué puede temer...? ¡Una multa...! ¡Unos meses de prisión...! ¡Poca cosa...! El principal delito fue cometido en Estados Unidos...

»Y Michoux, que lo ve flaquear, que tiene el crimen de Mostaguen sobre su conciencia, que quiere salir de esta, cueste lo que cueste, por sus propios medios, no duda en envenenarlo...

»Emma está allí... Tal vez la policía sospeche de ella...

»Quisiera alargarme un poco más sobre el miedo, porque este ha sido la base de toda esta tragedia. Michoux tiene miedo... Michoux quiere vencer su miedo más aún que a su enemigo...

»Conoce a Léon le Guérec. Sabe que este no dejará que lo detengan sin oponer resistencia... Y confía en que un disparo de los gendarmes o de cualquier habitante aterrorizado acabe con él...

»No se mueve de aquí... Me llevo al hotel al perro herido, moribundo... Quiero saber si el vagabundo vendrá a por él, y, sí, viene...

»No se ha vuelto a ver al animal después, lo que demuestra que murió...

Se oyó un ligero carraspeo: era Léon.

—Sí...

—¿Lo enterró usted...?

—En el Cabélou... Hay una pequeña cruz hecha con dos ramas de abeto...

—La policía encuentra a Léon le Guérec. Este logra escapar, porque su único propósito es obligar a Michoux a que lo ataque... Así lo ha dicho: quiere verlo en la cárcel... Mi deber es el de impedir una nueva tragedia, así que detengo a Michoux, afirmándole que es para protegerlo... En eso, no le estoy mintiendo... Pero, al mismo tiempo, quiero impedir que Michoux cometa nuevos crímenes... Está completamente agotado... Es capaz de cualquier cosa... Se siente acorralado por todas partes...

»Lo que no impide que sea capaz de montar toda esta comedia, que me hable de su constitución débil, que envuelva su pánico en un halo de misticismo y en una antigua predicción que se ha inventado...

»Lo único que necesita es que la gente se decida a matar a su enemigo...

»Sabe que puede ser sospechoso de todo lo ocurrido hasta ese momento... Solo en esta celda, se devana los sesos...

»¿No hay acaso un modo de desviar definitivamente las

sospechas...? Que se cometiese un nuevo crimen, ahora que él está entre rejas, sería la mejor de las coartadas...

»Su madre viene a verle... Ella lo sabe todo... Hay que evitar que resulte sospechosa y que nadie la siga... ¡Ella tiene que salvarlo...!

»Cenará en casa del alcalde. Hará que la lleven a su casa, en la que habrá una luz que permanecerá encendida toda la noche... Volverá a la ciudad a pie... ¿Todo el mundo duerme...? ¡Salvo en el café de l'Amiral...! Solo hay que esperar a que salga alguien, vigilarlo desde cualquier rincón de la calle...

»Y, para impedirle que corra, hay que dispararle en una pierna...

»Este crimen, totalmente inútil, es el peor de los cargos contra Michoux, si no tuviéramos ya otros... Por la mañana, cuando llego aquí, lo encuentro en un estado febril... No sabe que Goyard ha sido detenido en París... Ignora, sobre todo, que, cuando han disparado sobre el aduanero, yo estaba vigilando al vagabundo...

» Léon, perseguido por la policía y los gendarmes, no se mueve de la manzana de casas... Está deseando acabar con todo este asunto... No quiere alejarse de Michoux...

»Duerme en una habitación de la casa vacía. Emma lo ve desde su ventana... Y corre a reunirse con él... ¡Le grita que no es culpable...! Se tira, se arrastra a sus pies...

»Es la primera vez que vuelve a verla frente a frente, que oye su voz... Ha estado con otros, con otros...

»Pero ¿cómo ha vivido él...? Su corazón se ablanda... La agarra con una mano brutal, como si quisiera triturarla, pero acaba por aplastar sus labios contra los de ella...

»Ya no es el hombre que está solo, el hombre de un único objetivo, de una sola idea... Llorando, ella le dice que pueden ser felices, que pueden empezar una nueva vida...

»Y se van los dos, sin un céntimo, por la noche... ¡No importa adónde...! Y dejan atrás a Michoux con sus terrores...

»Intentarán ser felices en alguna parte...

Maigret llenó la pipa, lentamente, mirando una por una a todas las personas presentes.

—Le pido disculpas, señor alcalde, por no haberle tenido al corriente de la investigación... Pero, cuando llegué aquí, tuve la certeza de que esta tragedia no había hecho más que empezar... Para conocer los hilos de los acontecimientos había que dejar que estos se desarrollasen, evitando en lo posible más daños... Le Pommeret ha muerto, asesinado por su cómplice... Pero, tal y como lo vi, estoy seguro de que se habría suicidado el mismo día de su detención... Un aduanero ha recibido un balazo en una pierna... Dentro de ocho días estará recuperado del todo... Sin embargo, puedo firmar ahora mismo una orden de arresto contra el doctor Ernest Michoux por intento de asesinato y heridas causadas al señor Mostaguen, y también por envenenamiento premeditado de su amigo Le Pommeret. Y otra orden de arresto contra la señora Michoux por agresión nocturna... Respecto a Jean Goyard, llamado Servières, creo que solo podrá ser acusado de ultraje a la magistratura por haber representado esa comedia...

Hubo un único incidente cómico. ¡Un suspiro! Un suspiro dichoso, aéreo, que soltó el periodista regordete. Aun tuvo el descaro de balbucir:

—Supongo, en ese caso, que podré ser puesto en libertad bajo fianza. Estoy dispuesto a pagar cincuenta mil francos de multa...

—El tribunal decidirá, señor Goyard...

La señora Michoux se había hundido en la silla, pero a su hijo se le veía mucho más entero.

—¿No tiene nada que añadir? —le preguntó Maigret.

—¡Perdón! Solo contestaré en presencia de mi abogado. Mientras tanto, tengo mis reservas sobre la legalidad de esta confrontación...

Estiraba su cuello de gallito flaco, en el que descollaba su nuez de Adán, amarillenta. Su nariz parecía más oblicua que de costumbre. No había soltado el pequeño cuaderno en el que había ido redactando sus notas.

—¿Y estos dos...? —murmuró el alcalde, levantándose.

—No tengo ningún cargo contra ellos. Léon le Guérec ha declarado que su única intención era que Michoux se viese obligado a dispararle... Y, para conseguirlo, se ha limitado a mostrarse ante él... No existe ninguna ley que...

—¡Como no sea por vagabundear...! —intervino el teniente de gendarmes.

Pero el comisario se encogió de hombros de tal manera que aquel se sonrojó por su sugerencia.

Aunque ya hacía tiempo que había pasado la hora de la comida, todavía había gente fuera, y el alcalde había aceptado prestar su coche, cuyas cortinas se cerraban casi herméticamente.

Emma subió la primera, luego Léon le Guérec, por último, Maigret, que se acomodó al fondo con la muchacha, mientras que el marinero se sentó torpemente sobre un transportín.

Atravesaron la muchedumbre rápidamente. Algunos minutos más tarde rodaban hacia Quimper, y Léon, molesto, con la mirada perdida, preguntó:

—¿Por qué ha dicho eso...?

—¿El qué...?

—¿Que fue usted quien puso veneno en la botella?

Emma estaba pálida. No se atrevía a recostarse en los cojines y seguramente era la primera vez que montaba en coche.

—¡Ha sido una idea...! —refunfuñó Maigret, apretando entre los dientes la boquilla de su pipa.

La pobre muchacha, toda angustiada, explicó:

—¡Le juro, señor comisario, que no sabía lo que hacía...! Michoux me había hecho escribir la carta... Acabé reconociendo al perro... El domingo por la mañana vi a Léon rondando por ahí... Entonces comprendí... Intenté hablar con Léon, pero se marchó sin mirarme siquiera, escupiendo al suelo... Yo pretendía vengarlo... Pretendía... ¡No sé...! Estaba como loca... Sabía que querían matarlo... Y yo seguía amándole... Me pasé todo el día dando vueltas en la cabeza a mil ideas... Y al mediodía, durante la comida, me fui corriendo a la casa de Michoux para coger el veneno... No sabía cuál elegir... En alguna ocasión, me había enseñado los frascos, diciéndome que allí había suficiente veneno para matar a todo Concarneau...

»Pero le juro que no habría dejado que usted bebiese... Al menos, no lo creo...

Sollozaba. Léon, torpemente, le daba golpecitos en la rodilla para calmarla.

—Nunca podré agradecérselo, comisario... —dijo entre sollozos—. Lo que ha hecho es... es... no encuentro la palabra... ¡es tan maravilloso...!

Maigret miraba a uno y a otro: él, con su labio partido, sus cabellos al rape y su rostro de salvaje que trata de humanizarse; ella, con su carita pálida debido a aquel acuario del café de l'Amiral.

—¿Qué piensan hacer...?

—No lo sabemos todavía... Marcharnos del país... Quizá llegar hasta El Havre... He encontrado la manera de ganarme la vida en los muelles de Nueva York...

—¿Le han devuelto los doce francos?

Léon se sonrojó y no contestó.

—¿Qué cuesta el tren desde aquí hasta El Havre...?

—¡No! No haga eso, comisario... Porque entonces... No sabríamos cómo... ¿Comprende...?

Maigret golpeó con el dedo el cristal de separación del coche, pues estaban pasando ante una pequeña estación de tren. Sacó dos billetes de cien francos de su bolsillo.

—¡Cójanlos...! Los incluiré en la nota de gastos...

Casi los empujó fuera, y cerró la portezuela mientras ellos seguían buscando palabras de agradecimiento.

—¡A Concarneau...! ¡Rápido...!

Solo en el coche, se encogió de hombros por lo menos tres veces, como quien tiene unas ganas locas de reírse de sí mismo.

El juicio duró un año. Durante ese año, el doctor Michoux se presentó hasta cinco veces por semana ante el juez de instrucción, con una carpeta de cuero llena de documentos.

Y en cada interrogatorio se planteaban nuevas complicaciones.

Cada parte de su expediente daba lugar a controversias, a investigaciones, a contrainvestigaciones.

Michoux estaba cada vez más delgado, más amarillento, más indispuesto, pero no se desmoronaba.

—Permitan a un hombre al que solo le quedan tres meses de vida...

Era su frase favorita. Se defendía, paso a paso, con sus maniobras socarronas y sus respuestas imprevistas. Había descubierto a un abogado aún más furibundo que él, quien lo relevaba ante el juez.

Condenado a veinte años de trabajos forzados por el tribunal de Finistère, esperaba que antes de seis meses aceptasen su recurso de apelación.

Pero en una fotografía tomada hace un mes, aparecida en todos los periódicos, se le veía, como siempre, delgado y con la tez amarillenta, con su nariz torcida, el saco a la espalda y el gorro en la cabeza, embarcando en la isla de Ré en La Martinière, que llevaba a ciento ochenta presidiarios a Cayena.

En París, la señora Michoux, que ha cumplido una pena de tres meses de prisión, intriga en los medios políticos. Pretende que se revise el juicio.

Ya ha conseguido el apoyo de dos periódicos.

Léon le Guérec pesca arenques en el mar del Norte, a bordo de la Francette, y su mujer espera un bebé.

« Certes, ils préfèrent que je ne voie pas certaines choses.
Mais ce qu'il ne faut surtout pas, c'est que je leur en raconte d'autres ».

« — Vous direz tout?
— Et vous?
— J'essaierai. Si je n'y parviens pas, je m'en voudrais toute ma vie ».

«Sin duda, prefieren que yo no vea ciertas cosas.
Pero lo que no debe ocurrir, sobre todo, es que les cuente otras».

«—¿Usted lo dirá todo?
—¿Y usted?
—Trataré. Si no lo consigo, me lo reprocharé toda la vida».

PEUPLES QUI ONT FAIM, 1934